KB060329

살며 생각하며

박윤수 제2수필집

청어 도서출판

살며 생각하며

박윤수 제2수필집

창가에 신록으로 어우러진 유월의 햇살이 따사롭다. 2016년 6월 『외갓집 가는 길』이란 첫 수필집을 내면서 많은 분에게 따스한 격려와 응원으로 문학에 더 매진하여 오던 끝에, 그동안 서투른 글이나마 틈틈이 모아 이번에 두 번째 수필집으로 『살며 생각하며』라는 책을 선보인다.

문학이란 '사상이나 감정을 언어로 표현한 예술체'라고 한다. 이번에 두 번째 수필집은 나의 소소한 일상생활 속에서 보고 느낀 그대로의 삶을 글로 엮어 보았다. 어릴 때부터 누런 공책에 꼬박꼬박 일기를 쓰던 게 오늘에 나를 문학인으로 만든 동기가 아니었나 생각해본다.

문학에 전문적인 지식이나 배움은 없지만, 이번 두 번째 수필집은 나의 사생활이나 주변에서 일어나고 있는 작은 감정들을 가감 없이 글로 표현해 보았다. 이 책이 나오기까지 물심양면으로 애를 써 주신 모든 분과 내 사랑하는 세 아들에게 고마움을 전한다.

2023. 8. 섬진강이 어우러진 곳에서
박윤수

차례

여는글 5

노인(老人)과 과욕(過慾)

내 아내는 요양보호사

후회(後悔) 없는 삶

또 하나의 이별(離別)

애송시

1부

노인(老人)과
과욕(過慾)

한국민속촌을 찾아서

낮과 밤의 길이가 똑같다고 하는 추분(秋分)이 지난 지도 한참이 지나갔는데 아직도 낮은 한여름이다. 무던히도 더웠던 지난 여름이었는데 가을이 왔다고 하지만 아직도 피부로 끼는 온도는 여름마냥 후덥지근하다. 사시의 변화라고 했던가?

올해도 또 좋으나 궂으나 구월도 오늘이 마지막 지나가는 날이다. 어찌 보면 벽에 걸린 달력을 바라보니 달랑 석 장이 남은 채 세월은 잘도 간다. 오늘은 아침부터 웬 가을비가 또 내린다. 창가에 추적추적 따라진다. 기상청에선 오늘 제주와 남부지방은 호우주의보까지 발령했다.

가을철은 날씨가 맑아야 하는데, 하늘이 맑고 건조해야 들녘에 벼 알들이 송살송알 잘 익어 쌀알이 잘 여물어 갈 텐데 하늘은 좀체 갤 기미를 보이질 않는다.

오늘은 우리 마을에서 노인들 하루 나들이를 하는 날이다. 난 작년에 노인회에 가입한 이래 올해 꼭 두 번째로 나들이를 하는 날이다. 관광은 뭐니 뭐니 해도 날씨덕이 있어야 하는데 오늘은 아마 날씨덕을 보기는 애당초에 그른가 싶다.

그러나 우리는 살아가다 보면 때론 기우란 걸 만날 때도 더러는 있는가 보다. 제주도나 남부지방에 집중적으로 비가 온다고 했지만 중

부지방은 흐리겠다는 예보를 믿고 우리 일행은 당초 경상도 지방이나 남해안으로 나들이 갈 계획을 접고 갑자기 서울 등 중부지방 윗녘으로 올라간다면 비를 피해 나들이를 할 수 있을 것 같아 갑자기 코스를 돌려 위쪽으로 가기로 했다.

노인회장은 나에게 다가와 오늘 우리가 즐겁게 놀 수 있는 하루 코스를 잘 정해 보라고 부탁한다. 난 갑자기 받는 질문이라 얼른 답이 떠오르질 않았다. 그래서 가지고 있는 스마트폰을 뒤져 찾아본 결과 용인에 있는 한국민속촌으로 가는 것이 무방할 것 같아 그곳으로 가자고해 했다.

사실 요즘은 대도시에 사는 사람들보다 시골에 사람들이 나들이할 시간도 많고 더 많이 다닌다고 한다. 언젠가 서울에 갔을 적에 아는 사람들 하는 말이 이젠 도시 사람보다 시골 농촌에 사람들이 나들이를 훨씬 더 많이 간다는 소리를 들었다.

아침 8시경 마을을 출발하는 관광버스는 가을비가 추적추적 내리는 도로 위를 조심스럽게 잘도 달린다. 그리고 보면 요즘은 여기서 서울에 가는 길은 참 좋다. 2011년 처음 개통된 순천, 완주 간 고속도로가 생기면서 이제 팔백여 리 서울 길은 세 시간 정도면 도착한다.

필자가 나이 어릴 적 구례에서 서울에 있는 용산까지는 기차로 꼭 13시간여를 달려야 했다. 그러던 게 언젠가부터 직행버스가 생겨나면서 4시간대로 또다시 고속버스가 생겨나면서 그 먼 서울 길은 반나절도 채 안 된 길이다.

주중이라고 하지만 언제나 서울을 오가는 길은 복잡하기만 하다. 경부선 넓은 8차선 도로가 시간이 지날수록 차는 점점 더 늘어난다. 어디서 그리도 많은 차가 오가는 것일까?

통계를 보니까 지난 2015년 6월 말 현재 우리나라 자동차 총차량 등록 대수가 무려 20,003,000대라고 한다. 이 숫자는 세계에서 15위, 아시아에선 4번째로 많다. 필자가 지난 1990년대 행정공무원으로 재직할 당시에 어떤 분이 앞으로 머지않아 전 국민의 마이카 시대가 올 것이라고 했다. 그 강사의 말은 적중했다.

기름 한 방울 나지 않은 나라에서 더구나 작은 땅덩어리에서 오늘도 2천만 대가 넘는 어마어마한 차량이 도로 위를 굴러가고 있다는 모습을 상상해 보니 시사하는 바가 크다. 지난 2005년 가을이었던가? 공무원으로 재직 중 일본에 연수를 갈 기회가 있어 배로 부산항을 떠나 일본 규슈 항에 도착 맨 처음 본 것이 난 사람보다 일본 사람들이 가지고 있는 차에 눈이 먼저 갔다.

그런데 도로 위를 다니는 대부분의 차량 들이 소형차들이었다. 대형차나 중형차는 간간이 눈에 띄었다. 그리고 보면 우리나라는 하나님의 복을 많이 받아서 차가 많은 나라인가는 잘은 몰라도 딱 차 하나만을 가지고 본다면 일본보다 훨씬 잘 사는 것처럼 보인다. 일본 사람들이 검소해서 작은 차를 가지고 다니는지, 우리나라가 외관상 허풍과 과욕에서 큰 차를 몰고 다니는지 잘 모르겠지만 얼른 이해가 안 갔다.

내가 탄 버스는 세 시간 정도의 시간이 지나자 용인에 있는 한국민속촌 간판이 눈에 보인다.

'용인 한국민속촌!'

내가 이곳을 처음 갔을 때가 언제였을까? 가만히 생각해보니 아마 36여 년이 훌쩍 지나가 버린 오래전 일로 기억된다. 그때는 서울에서 수원을 걸쳐 용인으로 가는 시외버스를 타고 갔던 기억으로 생각된다.

한국민속촌 입구에 이르러 안을 들여다보니 얼른 보아도 많이 변한 것 같았다. 하기야 십 년이면 강산도 변한다고 했는데 말해 한국민속촌이라고 변하지 않았겠는가.

용인에 있는 한국민속촌이 처음 조성된 지는 상당히 오래전 일인데 자료를 찬찬히 보니 한국민속촌은 행정구역상 경기도 용인시 기흥구 민속촌로 90에 위치, 부지는 약 30만 평이라고 한다.

한국민속촌은 오랜 시간을 거쳐 전승되어 온 우리 문화 속 생활풍속을 한데 모아 내외국인 관광객에게 우리 민족문화를 소개하기 위해 조성되었다 건립 초기부터 교육적 가치와 관광적 가치를 염두에 둔 최고의 전통문화 테마의 종합관광지를 목적으로 설립되어 1974년 창립 이래 지금까지 생생한 문화 체험과 아름다운 자연 속의 전통문화 관광지로서 사랑받고 있다.

한국민속촌의 조선시대 마을은 각 지방에서 이건 및 복원한 실물 가옥으로 이루어져 있으며, 철저한 고증과 자문을 거쳐 사계절 변화에 따라 생활문화를 재현하고 있다. 야외에서 만난 체험형 전시와 전통 방식을 계승한 생활공예, 절기별 세시풍속을 행하며 잊혀 가는 전통 문화유산의 가치를 후손들에게 보여주기 위한 생생한 모습을 엿볼 수가 있었다.

전통은 맥이 끊긴 낡은 유물이 아닌 현대 생활 구석구석까지 녹아 있는 우리 민족 삶의 양식이며 전통문화의 가치를 새롭게 발견하여 함께 누리고 나아가 세계에서 빛날 수 있게 보전해가는 것이 한국민속촌의 역할이기도 하다.

30만 평의 넓은 부지 배산임수 천혜의 풍수지리적 위치에 자리한 한국민속촌은 각 지방의 실물 가옥을 옮겨서 조성한 조선시대의 촌락이다. 오랜 시간 동안 각 지방의 남아있는 가옥을 조사하고 전문가의 깊은 고증을 거쳐 복원되었을 뿐 아니라 꼼꼼하게 수집한 생활 민속문화가 사계절의 변화에 따라 펼쳐지는 조선시대 마을이다.

한국민속촌에 있는 가옥을 보면 남부, 중부, 북부 및 도서 지방에 이르기까지 지방별로 서민 가옥과 양반 가옥을 이건 또는 복원해 마을을 조성한 걸 볼 수가 있다 관아를 비롯해 교육기관인 서원과 서당, 의료기관이었던 한약방, 종교적인 건물인 사찰과 서낭당, 점술집에 이르기까지 조선시대의 삶을 경험할 수 있도록 옛 생활상을 그대로 담겨 있어 필자가 어린 시절에 보아왔던 게 가지런히 잘 나열되어 있어 참 보기에 좋았다.

그러나 난 여기서 오늘 마을 노인들의 나들이 하는 모습을 가까이에서 보니 왠지 맘이 침울하고 안타까움마저 들었으니 그것은 함께 간 사람 대부분이 내 형님, 형수뻘들이다. 몇 년 전만 해도 나들이 출입만큼은 자유롭게 다니곤 했는데 언젠가부터 걸음걸이가 마치 아기가 아장거린 모습과도 같이 보였다.

아무리 요즘 시대가 백세시대에 사는 사람들이라고 말을 하지만 연륜만큼은 정녕 속이 질 못한가 싶다. 나를 제외하고는 나이가 칠팔십 대를 훌쩍 넘겨 구순을 바라보는 분들이 많으니 그럴 만도 하리라. 오늘은 왠지 남의 일 같지 않아 맘이 씁쓸하다.

다리에 힘이 없으니 넓은 부지 내 여기저기 조성되어있는 각종 전시 시설물을 제대로 볼 수가 없고 이젠 어떤 분들은 힘에 부쳐선지 나더러 그냥 문밖으로 나가자고 조른다.

난 어려서부터 여행을 참 좋아한 사람이다. 다른 것은 몰라도 여행만큼은 절대 남에게 뒤지지 않은 사람이라 자부하고 싶다. 그것은 아마 지금 생각해보면 내 나이 아직은 젊은 시절 관광지를 다니다 보면 나이 많이 드신 분들을 종종 만나게 되는데 보는 사람마다 이것은 관광이 아니라 큰 고역인 걸 본다.

그러기에 누군가는 놀아도 젊어서 놀자고 했다. 노세 노세 젊어서 놀아 늙어지면 못 노나니, 이해가 가는 부분이다. 좋은 시절은 나에게 자주 오질 않기에…….

2016. 10. 5. 석양에

울 밑에 선 봉선화를 그리며

이제 올 한해도 좋으나 굳으나 반년이 훌쩍 지나간다. 단 한 치의 어김도 없이 찾아오는 주야의 반복 사시의 변화 속에 세월은 잘도 흐른다. 호박돌로 쌓은 나지막한 담장에 언제부터인가 담쟁이넝쿨이 시나브로 줄기를 내리더니만 이젠 제법 진한 녹색 이파리로 덧칠을 한다.

싱그러운 오월이 오면서 그 줄기 사이로 울긋불긋 고운 장미가 계절의 여왕으로 군림하더니만 어느새 더운 바람이 일어나는 유월에 들어 하나둘씩 자취를 감추고 그 빈 자리 담벼락에 바짝 붙어 자란 봉숭아꽃이 보기에 참 좋다.

봉숭아꽃 하면 생각나는 사람이 있는데 바로 홍난파 작곡가이다. 근데 어찌 그분은 애절한 곡을 붙여 '울 밑에 선 봉선화'라고 불렀을까. 그건 아마 시대상에 따라 붙여진 가사이며 곡조가 아닌가 생각해본다. 일제 강점기, 나라가 통제로 일본에 넘어가면서 이 나라는 주권도 그리고 자유도 없이 일본의 식민지 백성들로 살아야 했던 게 아닌가.

온갖 핍박과 설움으로 나라 잃은 한을 달래면서 노래도 동요도 가곡도 모든 것이 슬픈 노래로 얼룩진 가사며 곡조가 아니던가. 따라서 아미 이 '울 밑에 선 봉선화'라는 노래도 이런 주변 환경에서 애달프게 불렸던 민족의 가곡이 아닌가 생각해본다.

그런데 불행하게도 이 '울 밑에 선 봉선화'라는 노래의 작곡가 홍난파 선생은 친일파로 등재되어 있어 맘이 좀 씁쓰레하다. 홍난파 선생은 1898년 경기도 남양군(지금의 화성시)에서 태어났다. 그분의 친일 논란을 보면, 미국 유학 중 홍사단에 가입한 일로 수양동우회 사건에 연루되어 일본인에게 체포당해 72일간 혹독한 고문과 옥고를 치렀다. 결국 건강 악화 끝에 그는 공개적으로 전향서를 쓰고 출옥하였다.

당시 사정으로 볼 때 여건이 전향서를 쓰지 않으면 감옥에서 나갈 수 없는 형편이라 부득이하게 전향서를 쓴 게 아닌가 생각해본다. 아무튼 그분이 오늘에 이르러 비록 친일파로 분류는 되어 있지만 그분의 명곡은 인정해 줘야 하지 않을까 난 생각해본다. 비록 친일 후 홍난파는 1938년부터 1941년 고문 후유증으로 사망할 때까지 친일 행적을 남겼다고는 하지만…….

생각해보면 민족의 위대한 작곡가 홍난파 선생은 시대를 잘못 만나 태어난 분이 아닌가 생각해본다. '애수', '고향의 봄' 등 불후의 명곡을 수없이 남긴 그분이 일제 강점기가 아닌 오늘날과 같이 평화로운 시대에 태어났다면 그분의 역사는 크게 뒤바뀌었을 것이다.

일본이라는 나라는 참 가깝고도 너무나 먼 나라가 아닌가 싶다. 내가 일본이라는 나라를 여행 갔을 때는 지금부터 꼭 11년 전인 2005년 9월이다. 부산에서 출발하여 일본 후쿠오카에 내려 일본이라는 땅에 발을 디디며 항구에 나와 있는 일본 사람들은 첫눈에 봐도 참 친절하고 정이 많은 사람들처럼 보였다.

일주일 내내 일본 여기저기 구석구석 돌아다녀 봤지만 사람들이 외관상은 너무나 친절하고 사는 모습들이 검소했다. 우선 창밖으로 도로에 다니는 차들만 봐도 우리나라처럼 중, 대형차는 찾아보기 힘들고 대부분이 소형차들이 도로 위를 일렬로 질서 있게 다닌다. 어디서든 시끄러운 경적 소리 한번 들어보질 못했으니, 특히 택시기사들의 친절은 말로 표현이 안 될 정도로 정이 가고 친절하기만 했다.

그런데 그토록 친절하게만 보인 사람들이 오랜 옛적부터 왜 이 나라를 그리도 수도 없이 침탈하여 얼마나 무고하게 이 민족들에게 큰 고통을 안겨주었는가. 1592년 시작된 임진왜란으로 7년 동안 조선천지는 지옥과도 같은 생활을 보내야 했고 또 그로부터 삼백여 년 후인 1910년 한일합방으로 나라가 통째로 일본의 손에 넘어가면서 또다시 이 나라 민족들은 그 얼마나 커다란 충격 속에 통한의 눈물을 흘려야 했던가? 어찌 그뿐이랴!

아직도 끝나지 않은 진행형인 위안부 문제는 어떻게 처리가 될 것인가? 소녀의 티가 채 가시기 전 열대여섯 살 나이 어린 소녀들을 마구 잡아다가 일본군들의 성 노리개로 무참하게 성을 유린당해 처참한 고통을 겪은 위안부 할머니들의 피맺힌 한은 누가 풀어줄 것인가? 통한의 한을 품고 오늘도 한 분 한 분 저세상으로 가시는 모습을 보면 나도 모르게 목울대가 아려온다.

유월에 핀 봉선화는 올해도 7월까지 자라면서 여름을 재촉하고 내 마음속에 파고들어 어린 시절들을 더욱 생각나게 할 것이다. 특히 봉선화는 우리 민족의 불후의 명곡으로 널리 알려진 홍난파 선생이 더 많이 생각난다.

암울했던 일제 강점기, 울분을 참지 못해 노래로나마 맘을 달랬을 그런 모습을 조용히 그려본다.

'울 밑에 선 봉선화야, 네 모습이 처량하다'라는 가사로 시작해서 '북풍한설 찬바람에 네 형제가 없어져도 평화로운 꿈을 꾸는 너의 혼은 예 있으니 화창스런 봄바람에 환생키를 바라노라'라는 가사로 찬찬히 들여다보면 작사자 작곡자 모두의 시대상을 한눈에 엿볼 수가 있는 대목이며 은은한 곡조로 감미롭게 묘사되어 어쩌면 일제의 만행에 한 가닥 저항의 노래와 명곡이 아닌가 싶다.

저 아련히 먼 날 내 어린 시절에 곱게 핀 봉숭아꽃 한 움큼 따다가 둘이 앉아 마주 보며 서로에게 손톱 내밀며 빨갛게 물들여 주던 아기자기한 시절이 엊그제 같은데 생각해보니 어언 오십 년도 훌쩍 지나가 버린 흘러간 추억들인데 아직까지 내 머리에서 지워지지 않고 영영 기억에 남으니 생각하면 참 그립고 애달픈 시간이었다.

오늘따라 저 너머 창밖으로 보인 구석진 모퉁이에 우뚝 선 봉선화 꽃망울이 더없이 곱기만 하다. 이제는 저 '울 밑에 선 봉선화야, 네 모습이 처량하다'라고 하는 게 아니라 너 참 곱고 예쁘다고 표현해야 할 것 같다. 이제는 이 나라가 압박과 설움이 있는 종속된 나라가 아니라 일본이란 나라와 어깨를 나란히 겨누며 21세기를 살아가는 위대한 국민의 힘과 저력이 있기에, 유월의 햇살이 더없이 고운 하루를 열어본다.

어느 봄날의 단상(斷想) 1

　개구리가 긴 겨울잠에서 깨어난다고 하는 경칩(驚蟄)이 엊그제 지나갔는데 자연의 순리에 따라 겨우내 기다리다 저절로 찾아온 이 봄인데 뭐가 그리도 못마땅해서일까? 겨울이란 계절은 반달만 한 눈 흘기며 사나운 기세로 섬진강 자락에 바람이 몰아친다.

　갓 깨어난 눈엽(嫩葉) 고사리 같은 새싹 들이며 나지막한 논두렁길 따라 한쪽에 고인 웅덩이에서 이제 막 알에서 깨어난 새 생명은 어찌하려고 바람은 그리도 매몰차단 말이냐?

　어쩌면 이토록 수상한 자연의 형상들은 정녕 지금 이 나라가 처한 고달픈 삶의 현실을 마치 대변이라도 하는 양 내 눈에 비춰인 거울 같아서 울컥 내 맘이 침울해진다. 그러니까 작년 12월 9일이던가 이 나라에는 큰 변이 일어났다. 그것은 현직 박근혜 대통령이 국회의 탄핵소추를 받아 대통령 업무가 정지된 사건으로 사상 두 번째로 대통령이 없는 나라 꼴이 되었다.

　작년 겨우내 서울 도심 한복판인 세종로나, 청와대, 헌법재판소 등 주변에서는 주말이면 수많은 민초들이 거리로 나와 대통령 물러나라는 성난 외침 속에 온 나라가 그야말로 난리법석이다. 수백만 군중들의 저 성난 민심을 누가 잠재워 줄 것인가?

1948년 이 나라 초대 이승만 대통령이 12년 동안 독재자로 권좌에 있으면서 3·15 부정선거 등 온갖 부정부패를 저질러 급기야 1960년 4·19 학생의거로 도화선이 되어 국민의 저항을 받아 큰 항쟁으로 이어지더니만 이승만은 더 버티지 못하고 급기야 국민이 원한다면 대통령직에서 물러나겠다고 비정한 말을 발표한 뒤에 하와이로 망명을 하고 만다.

아마 이 사건은 필자가 아직은 나이가 어릴 때인 열 살 무렵으로 기억이 된다. 그 당시 대다수 가정에선 통신시설이 발달 되지 못한 시절이라 나무로 대충 만든 네모난 통 속에 들어있는 조그만 스피커에서 흘러나온 대통령의 목소리가 온 나라에 울려 퍼졌다.

우리나라 역사는 이날이 곧 최초 민중들이 독재자의 불법에 항거하여 얻은 위대한 승리의 날이요, 민주주의 초석을 연 큰 사건이라고 역사는 쓰였다.

이러한 어수선한 정치적인 틈새에서 박정희는 1961년 5·16 군사혁명을 일으켜 군부독재의 대통령이란 권좌를 움켜쥔다. 바른 민주인사들의 외침이나 잡음을 아예 차단해 버리기 위한 수단으로 듣기에도 무시무시한 중앙정보부란 통치기관을 만들어 말을 안 듣는 인사들이나 부정을 외쳐대던 사람들은 가차 없이 쥐도 새도 모르게 숙청해버린다.

이 나라엔 언젠가부터 이토록 시국이 어지럽고 혼돈할 적이면 꼭 일어나는 사건이 있는데 그것은 곧 군사 쿠데타이다. 일제 강점기, 다카키 마시오라는 이름으로 일본군에서 육군의 장교로 복무하기도 했던 박정희는 이승만 대통령의 하야로 인한 정부의 혼란기를 틈타 군사 쿠데타를 일으켜 정권을 잡은 뒤 이 나라 철권통치를 장장 18년의 장기 집권을 하게 된다.

그러나 박정희 대통령의 최후는 비참했다. 다시 비서실장인 김재규의 총탄에 목숨을 잃고 62세의 일기로 이승만에 이어 두 번째 독재자로 낙인 되어 역사의 뒤안길로 사라지고 만다. 이어 전두환은 1979년 10월 갑작스럽게 죽은 박정희 대통령이 없는 혼란한 틈을 타 호시탐탐 노리던 정권 야욕으로 드디어 10·26 사건이란 군사반란을 일으켜 두 번째로 이 나라가 군사정권의 통치 시대가 되고 만다.

내가 이 시대의 적임자라고 자부하며 나라 안정과 경제를 외쳐 대던 군사정권을 일으킨 두 사람 모두가 재임 중에 민주인사 탄압이나 피비린내 나는 광주민주화항쟁 등 참혹한 사건들을 일으켜 큰 과오를 범한 자들이지만 박정희 대통령의 경우 새마을사업, 국가 경제발전, 농촌 녹색혁명 바람을 일으켜 통일벼 재배로 인하여 배고픔을 해결하는 등 커다란 업적으로 기여를 한 것은 사실로 평가받고 있다. 그러나 군사반란 등 부정한 방법으로 권좌를 가로챈 군부 독재자라는 오명은 역사에 두고두고 남은 비극적 일임에는 틀림이 없다.

그러나 세상 사는 이치가 영원이란 말은 없다고 했던가? 군사 쿠데타로 정권을 가로챈 박정희 대통령도 집권 후반기 3선 개헌 등 초 헌법을 발상 장기 집권의 계획을 음모하더니만 18년간의 역사도 1979년 10월 26일 측근들인 차지철, 김재규 등이 저지른 자중지란으로 급기야 대통령은 김재규란 사람이 쏜 총을 맞고 최후를 맞는다. 부인 육

영수 여사가 1974년 8월 15일 광복절 경축식장에서 문세광이 쏜 총탄에 맞아 숨진 지 꼭 5년 후의 일이다. 어쩌면 아이러니하게도 두 사람 모두가 총탄에 맞아 숨을 거두었다.

이러한 비운의 부모를 둔 사이에 태어난 사람이 이 나라 18대 대통령인 박근혜이다. 박근혜가 새누리당 통합위원장을 걸쳐 18대 대통령으로 취임한 것은 2013년 2월 25일이다. 우리나라 역사상 첫 여성 대통령으로 선출된 뜻깊은 날이기도 하다.

사상 초유의 여성 대통령이란 말이 나왔으니 말이지만 조선조 오백 년 역사가 이어진 내내 당시 여성들은 숭유억불 정책을 국시로 내건 이성계가 이씨 왕조를 개국하면서 철저한 남존여비 사상인 유교적 이념을 토대로 소위 여자는 삼종지도(三從之道)나 칠거지악(七去之惡)이란 제도를 만들어 여성들을 보이지 않은 굴레 속에 일생 동안 살아가야 했다.

그런 남존여비 사상들은 필자가 어린 시절인 1960년대 말까지 종종 볼 수가 있었는데, 그 당시 한 예로 여자들은 남자와 함께 한 상에서 밥도 먹질 못했다. 시부모나 자녀들은 방에서 밥이라도 먹을 때이면 여자들은 허름한 부엌 모퉁이에서 쪼그리고 앉아 혼자서 밥을 먹곤 했다.

필자는 그때 그런 모습을 보고 이것만은 인간으로서 차마 하지 못할 몹쓸 일이라 여겼던 어린 기억들이 생각난다. 내 가족이라도 이런 모순들은 당장 고쳐야 할 것으로 생각한 적이 있었는데 오랜 시간이 지났지만 머리에 생생하게 아픈 기억으로 남는다.

참으로 오랜 세월이 지나 인제 와서 이런 현상들을 조용히 생각해 보니 그 시절에 비해 시대가 변해도 너무 많이 변했고, 세상 또한 여성 상위시대가 되어 그처럼 천히 여기던 여자들 앞에 남자는 기가 죽어 족도 못 쓰는 시대가 되고 말았으니 가만히 생각해보면 쓸쓸하지만, 그러나 이것이 정녕 하나님의 남녀평등에 대한 법칙이 아닌가 싶기도 하다.

헌재에선 지금 박근혜 대통령에 대한 국회 탄핵소추로 '인용이냐, 각하냐'라는 문제로 큰 고심 중이다. 이를 지켜본 온 나라, 세계가 비상한 관심으로 지켜보고 있다. 지구상에 단 하나밖에 없는 분단된 나라인데, 대통령 탄핵 문제로 다시 국론이 크게 두 갈래로 분열되어 나라가 심히 위태롭다. 아무쪼록 모든 법관에게 솔로몬에게 주신 하나님의 큰 지혜로 올바른 판결을 기도해본다.

2017. 3. 7.

어느 봄날의 단상(斷想) 2

새봄이 되어 개구리가 긴 잠에서 깨어난다고 하는 경칩이란 절기가 지난 지도 오늘이 4월 초 청명 절기니 꼭 한 달째가 된다. 청명날 하늘은 말 그대로 맑고 포근하기만 하다.

잔잔히 흐르는 섬진강가에 오만가지 나무며 꽃들은 앞다투어 가지와 잎새를 내고 꽃나무들은 저절로 사르르 찾아온 봄기운에 꽃무리 트이는 소리 너무 그립고 가까이 들린다.

그러고 보면 해마다 이맘때쯤이면 저절로 찾아온 자연은 단 한 치의 어김도 없이 내 곁에 살포시 내려와 나를 반긴다. 아마 자연은 언제까지라도 변함없이 내가 이 땅에 살아 숨 쉬며 사는 동안 아무런 대가도 없이 새 가슴만 한 작은 내 맘을 포근하게 안아줄 것이다. 창조주는 또 태곳적부터 삼라만상들 모두에게 골고루 아름다운 자연의 혜택을 누리도록 만들어 준 걸 생각하면 그저 감사할 뿐이다.

작년 10월부터인가 소위 최순실이란 아녀자를 주축으로 비선 실세들이 저지른 국정농단 사건으로 나라 정사는 하루도 편할 날이 없었다. 그러더니 결국 박근혜 대통령은 국회의 탄핵소추를 받아 지난해 12월 9일부터 대통령직에서 업무가 정지된 채 차후 헌법재판소 판단이 나오기까지는 식물 대통령이 되고 말았다. 국내외 어지러운 정세로 가뜩이나 어려운 민초들의 삶은 너무 고달프다고 아우성이다.

헌재에서는 오랜 심판을 논의한 끝에 2017년 3월 10일 심판관 전원의 일치된 판단으로 박근혜 대통령은 파면이 되어 청와대를 떠나는 신세가 되었고 그로부터 꼭 20일 만인 3월 31일 아침 법원에서 구속 수사라는 판결로 이제 박근혜는 역대 대통령 가운데 세 번째로 구속 수감 되는 사람으로 전락하고 말았다.

옛말에 '花無十日紅이요 權不十年'이란 말이라고 했던가? 그토록 기세 등등하여 백성을 마치 안하무인격으로 보는 아주 그릇된 성격에 제 18대 대통령 남은 임기 1년여를 앞두고 도중하차하고 만다. 2013년 2월 사상 처음 이 나라에 여성 대통령 선출되어 국정을 꼼꼼하게 챙겨 국민을 편하게 모실 줄 알았는데…….

그녀에 대한 기대도 컸는데 대인 소통 부재요. 어려서부터 장장 18년 동안 무서운 권력을 휘둘러 통치하던 박정희 대통령을 아버지로 둔 연유일까? 대인을 꺼리고 방안퉁수처럼 행동을 하더니만 종국에는 뇌물죄로 인하여 차디찬 교도소 땅바닥에서 재판을 기다리고 있다.

대통령이 뭐길래? 대통령은 백성에게 군림하여 권력을 휘두르라고 오천만 사람들이 뽑아준 것은 정녕 아닐진대, 생각하면 이 나라 민초들이 불쌍하다 못해 넘 맘이 아프기까지 한다.

그러잖아도 나라 경제가 너무 어려워 백성들의 삶이 고달픈데 정작 자신들은 대통령이란 막강한 직위를 이용 재벌들을 협박해서 돈이

나 뜯어내는 양아치나 하는 못된 짓을 저질렀던 저 무리는 어떻게 정죄할거나? 아무리 생각해봐도 답이 얼른 생각나질 않는다. 어쩌다가 이 나라가 이 지경이 되었단 말인가? 오호통재라. 내 눈을 꼬옥 감고 귀를 닫아버리고 싶다.

어찌하여 우리나라 대통령은 미국이나 영국처럼 훌륭한 대통령이 안 나올까. 역대 대통령들을 보면 처음엔 잘하는 것 같지만 나중에 임기 말에는 거의 뇌물이나 받고 독재정권으로 막강한 권력이나 휘둘러 역사의 심판이나 받고 교도소나 가는가 하면 어떤 이는 재임 중 정치를 잘 못하여 백성들의 피와 같은 국력을 허비 나라 경제를 파탄케 하는 사람들로 백성들에게 고통이나 안겨준 추잡한 사람들로 역사에 기억되는 일이 얼마나 많은가?

어쩌면 이 모두가 그 잘난 욕심 때문이 아닌가 싶다. 성경에서는 '욕심이 잉태한즉 죄를 낳고 죄가 장성한즉 사망을 낳는다'고 말씀하고 있다. 모름지기 대통령은 국민 위에 군림이나 하는 것이 아니라 '어떻게 하면 국민을 편하게 살게 할 것인가'라는 생각만 하면 얼마나 좋을까 싶다.

나라가 어지러울수록 어진 신하가 생각난다고 했던가? 청와대 깊은 곳에서 난리나 꾸미는 그런 어리석은 간신배들은 이젠 제발 떠나라 누군가는 우리나라가 일제 잔재들인 친일파 청산을 제대로 못 해서 아직까지 이 나라가 이 모양 이 꼴이라고 한다.

제발 바라오니 오는 5월 9일 치러지는 제19대 대통령은 못된 짓이

나 해서 국민의 심판을 받아 감옥이나 가는 사람이 아니라 저 미국의
링컨 대통령이나 영국의 테레사 수녀처럼 세계역사에 홀륭한 사람으
로 길이 남을 그런 좋은 분이 선출되었으면 참 좋겠다.

  2017. 4. 4.

4월이 오는 길목에서

4월은 약동의 계절, 또 누군가는 잔인한 계절이라고 했던가? 엊그제만 해도 세월은 겨울의 끝자락에 맴돌며 이 봄이 오는 걸 한사코 마다하며 차가운 꽃샘추위가 내 주위를 맴돌며 서성거리더니만 그래도 쉼없이 흘러가는 주야의 반복 사시의 변화 속에 저절로 찾아온 봄내음 새록새록 아지랑이 한 아름 안고 찾아온 봄 햇살이 대지에 내려앉는다.

작년 여름이던가? 초록색 이파리로 꽉 찬 담쟁이넝쿨들이 마당가 한 모퉁이 토담 위에 긴 줄을 뻗으며 칭칭 동여맨 무성한 줄기들이 저혼자만 사는 세상처럼 온 하늘을 덮어버린 토담 가에도 아직은 때 이른 날인가. 꿈에서 덜 깬 잿빛 담쟁이들 흔적만이 지금은 초라한 모습으로 내 눈에 들어온다.

그러나 4월의 훈훈한 봄기운 따라 양지쪽에선 작년 겨울 땅속에 숨어버린 오만가지 꽃들이 서로 시샘하며 땅 위에 연한 새싹으로 돋아 저마다 튼실한 꽃대를 만든다고 난리법석들이다. 장미넝쿨 사이로 동백 이파리 출렁인 자리에 고운 아지랑이 살포시 내려앉아 봄기운 맴도는 자리에 하얀 목련화 한 송이 피어나는 모습 너무 그립다.

해마다 이맘때이면 아름다운 자연은 우리에게 아무런 값도 없이 저절로 다가와 올봄에도 정녕 찬란한 봄의 향연을 보여주리라.

창조주는 태곳적부터 우리 인간들을 사랑하사 낮과 그리고 밤을 또 좋은 환경 속에 잘 지내라고 한시도 멈추지 않고 물과 공기를 듬뿍 주셔서 우리가 살아 숨 쉬는 데 지장이 없도록 살게 해주시고 철 따라 각양각색의 아름다운 꽃들을 주셔서 행복하게 살게 하신 것을 생각하면 늘 고맙고 감사한 맘이다.

그러나 누군가는 4월을 가리켜 잔인한 달이라고 했던가? 만물이 약동하고 봄의 한 가장자리에서 오만가지 꽃의 향연들이 펼쳐진다고 하는 아름다운 계절이라고 하지만 3년 전 이맘때이었던가? 경기 안산에 있는 단원고교 학생 300여 명이 '세월호'라는 배를 타고 제주도로 수학여행을 가다가 진도 팽목항 앞을 지나가던 중 배가 뒤집히는 바람에 그만 함께 배에 탔던 수많은 사람이 큰 사고를 당했다.

필자는 하필이면 그날 모처럼 마을에서 계모임으로 일행이 함께 울릉도와 독도 여행을 가는 날이었는데 세월호가 침몰하였다는 소식을 이제 막 포항을 떠나 울릉도로 향하는 중간지점에서 들었다.

그날 긴급 뉴스로 실시간 들리는 소식은 처절함, 그 자체였다. 난 공교롭게 그날 배를 타고 울릉도 가는 날이라 더더욱 그날을 잊을 수가 없다. 그날 세월호 침몰 사건은 3년이 지난 지금까지도 해결이 안 된 진행형인 사건으로 비단 꼭 그날 피해를 당한 사람들만이 아니라 온 국민의 마음속에 큰 고통을 안겨다 준 차마 기억하고 싶지도 않은 인재로서 아직까지 시체마저 찾지 못해 천추의 한을 안고 살아가고 있는 유가족들의 통한의 눈물을 생각해본다.

다행히 정부에선 지난달부터 바다에 가라앉은 세월호를 뭍 위로 끌어올려 지금은 목포항으로 옮겨 미수습 시체를 찾기 위해 선체를 다시 수색하는 등 많은 성의를 보이고 있어 천만다행한 일이라 생각한다.

내가 스무 살 때 일로 기억된다. 친구 따라 강남에 간다고 친구가 나에게 와 길쭉하게 생긴 하얀 담배 한 개비 권하여 피던 게 습관이 되어 난 그 마약과도 같은 담배를 무려 33년간이나 즐겨 피운 사람이다.

그러나 내 몸을 망가뜨려 저승으로 나의 영혼을 재촉하던 그런 담배였지만 내 몸이 꼭 20여 년만에 그 전에 앓던 우울증이 도져 머리가 망가지고 죽게 되니 그런 몸속에 깊숙이 틀어박혀 서서히 갉아먹는 담배를 한순간에 딱 끊어버린 사건이 있었으니 그날이 꼭 14년 전인 2003년 4월 1일이다.

사람은 생각하는 갈대라고 했던가? 사람이 동물하고 다른 점이 있다면 무엇일까? 아마도 그것은 정녕 생각하는 차이가 있다고 할 것이다. 생각이란 단어를 사전에서 찾아보니 생각이란 사물을 헤아리고 판단하는 작용, 그리고 어떤 사람이나 일 따위에 대한 기억이라고 정의하고 있다.

그래서인가는 몰라도 난 나이가 들어가면서 언젠가부터 무언가 생각하는 일이 많아졌음을 느껴 본다. 하기야 내 나이 이제 70km로 달려가는 속도인데 간혹이면 젊은 시절 내 주위를 빙빙 맴돌며 나에게 하얀 그리움 가득 가져다준 사람들이며 둘이 다정히 안고 바닷가 모래

알 위에 사랑의 글자를 쓰고 했던 그 시절들이 오늘따라 마치 활동사진으로 남아 내 머리에 맴돈다.

저 멀리 보이는 하동선 도로변을 따라 듬성듬성 심어진 벚나무가 하얀 꽃내음 풍기며 유혹의 손길 바쁘기만 하다. 오산 앞을 동서로 가로질러 유유히 하동포구로 흘러가는 섬진강 물줄기는 보기만 해도 맘이 넉넉하다.

엊그제인가 아내와 오랜만에 따스한 봄 햇살 맞으며 벚꽃 구경이나 하려고 외출을 했다. 지난 4월 1일 큰맘 먹고 새로 장만한 차의 성능도 한 번 테스트를 해 보고자 둘만이 오붓한 나들잇길이기도 하다.

지난 7년 전이었던가? 우리 부부는 해마다 둘만의 여행을 가기로 하면서 첫해인 2010년 가을날 2박 3일 일정으로 고흥, 보성, 장흥, 강진 등지를 둘러보는 바닷길로 이어진 여정은 참 좋았는데 그 후론 또다시 신병인 우울증이 재발하는 바람에 꼭 5년여 동안이나 아까운 세월을 병으로 싸움이나 했던 지난 시절들을 생각하면 너무나 억울한 일들이지만 이미 내 곁을 스쳐 버린 시간들을 어찌하랴.

이제라도 다시 하면 될 것을…… 사람이 여행을 한다는 것은 참 즐거운 일이 아닐 수 없다. 찌든 인생사 세상길에서 잠시 한순간이나마 자신의 뒤안길을 돌아보며 나를 위해 시간을 할애하고 색다른 정서를 심어주는 일이야말로 얼마나 값진 일이랴 싶어진다.

하동포구로 가는 길은 참 아름답기만 하다. 도로 양옆에 흐드러지게 피어난 노란 개나리꽃, 그리고 그 빛이 찬란하기까지 한 무성한 벚꽃들이며 이름조차 모를 잡초까지 모두가 진한 향 내음으로 내 안에 풍겨온다. 이제 막 일주일이 채 안 된 내 차는 대형차라선지 성능 또한 기가 막히다. 차가 풀옵션이라서 그런지 운전하기가 참 편리해서 좋다.

언젠가부터 난 모든 것이 감사한 맘뿐이다. 그동안 불평과 불만으로 세상을 살았다고 한다면 이제부턴 감사하며 살기로 했다. 나의 남은 삶의 시간들이 얼마나 될지 몰라도 저 네덜란드의 철학자 '스피노자'가 말했던 것처럼 내일 지구의 종말이 온다고 할지라도 나는 오늘 사과나무를 심겠다고 하는 그런 조금은 여유로운 맘으로 세상을 살아가련다.

석양 노을 낀 하동포구의 물결이 마치 은빛으로 수 놓는다. 저 멀리 보이는 황포돛배 가물거리며 물 위로 지나가는 모습 하얀 그리움으로 남는다.

2017. 4. 7.

봉성산(鳳城山)에서

봉성산(鳳城山), 내가 이 봉성산을 부단히 오르내린 건 약 10여 년 전부터이다. 지금도 일주일이면 한두 차례 꼭 찾아가곤 한다. 봉성산은 구례읍 서쪽 방향에 나지막한 봉우리로 해발이 겨우 166m에 지나지 않는다. 봉성산은 모양을 보면 나는 봉황이 알을 품고 있는 모습과 같다고 하여 붙여진 이름이라고 한다.

산 동쪽 기슭엔 울창한 소나무가 수백 그루가 있어 읍으로 내려오는 오솔길을 지나다 보면 솔 향기가 솔솔 오르내리는 발길마다에 아름다운 향기 한 아름 저절로 뿌려주며 또 동쪽 산기슭엔 대나무를 심어 죽림을 이루고 있는 것을 보면 아마도 봉황새는 대나무 열매가 아니면 먹지 않는다는 의미로 파생된 듯하다.

나의 직업이 사무직이라선지 평소에 날만 새고 나면 다람쥐 쳇바퀴 도는 식으로 날마다 사무실만 오가는 일들이 수십 년 몸에 배선지 남들이 잘 다닌다고 하는 등산 같은 것은 아예 담을 쌓고 살았으며 왠지 걷기를 죽기로 싫어했던 내 지난날의 나태한 모습을 생각해본다.

그런 나에게 산을 좋아하게 된 결정적인 계기가 있다고 한다면 지난 2003년 2월 순천 모 병원에서 건강검진을 받고 난 후부터이다. 당시 우울증으로 하루하루를 심하게 고통받고 있었던 난 그즈음에 어디 몸 한구석이 망가져 내려앉은 줄도 모르고 '내가 고통을 받고 있지나 않은지'라는 생각으로 지내오던 중 가족들의 권유도 있고 해서 돈이 얼마나 들어도 좋으니 내 몸 어디 구석구석이나 속속들이 검사 아픈 곳을 알아나 보려고 머리끝에서부터 발끝까지 온몸을 검사해 보기로 했다.

그리하여 당시 최종 종합판정을 받은 결과 대체로 육체적인 병은 없으며 정신적인 마음의 병이라고 진단했다. 아울러 담당 의사는 폐활량이 극도로 약하여 상당 기간을 유산소운동을 해야 살 것이라고 권유했던 말이 생각이 난다.

그렇다. 그때쯤 만해도 사실 난 봉성산 아래 200여 미터 짧은 거리인 충혼탑이라도 오르내리려면 숨이 목구멍까지 차올라 헐떡대며 간신히 오갔던 기억이 난다. 또 언젠가는 봉성산 166m 정상을 코앞에 두고도 숨이 가빠 못 가고 다시 되돌아 오던 일도 생각이 난다.

지금은 그 길을 갈 때마다 왕복으로 또는 종으로 횡으로 1시간여 동안을 오가도 숨이 차질 않고 가뿐한 걸 보면 사람은 특히 중년의 나이가 들면 걷기운동이나 유산소운동은 매우 중요하다는 걸 혼자 스스로 새삼 느껴 보기도 한다.

오늘따라 하루의 햇살이 봉성산 중턱 나무 사이로 촘촘히 사라져 가는 석양 나절에 자그마한 봉성암, 봉명암 두 암자에선 저녁예불인지 뭔지는 모르지만 목탁 소리가 한창이다. 작년까지만 해도 봉성산 기슭엔 암자가 두 개 교회가 1개소가 있어 저녁 6~7시 무렵만 되면 목탁 소리, 예배당 종소리가 뒤범벅이 되어 아래 동네인 구례읍 온 시가지로 울려 퍼지곤 했다.

충혼탑 뒤 횡으로 가로지르는 울창한 대나무 숲에선 오늘은 무슨 비밀을 감춰 두고 있을까? 60여 년 전 여순반란사건이 터지면서 구례골은 참 큰 피해를 본 지역이기도 했다. 사상논쟁이 무언지? 좌익이다, 우익이다. 내가 어린 시절 많이 들어본 대명사들이다.

여기 충혼탑은 대부분이 당시 여순 사건이나 지리산 공비 토벌 시 공을 세운 군·경들의 위패를 모신 곳이라고 한다. 난 언젠가부터 이 충혼탑만 보면 마음 한구석이 씁쓸해진 걸 느낀다.

왜냐하면 일제 강점기가 암울했던 민족의 고통이 끝나고 해방이 되기가 무섭게 이 나라에는 좌익 우익으로 극심한 사상논쟁 이념으로 국론은 크게 분열되었다. 이러한 와중에 좌익도 우익도 아무것도 모르는 대다수 민초들은 여기에 큰 희생양이 되었으니 말이다.

작은아버님이 세상을 떠난 지는 올해로 꼭 71년이 지났다. 1948년 10월 당시 여순반란사건이 터지면서 여수에 주둔해 있던 14연대 병사들이 해방 직후 제주도 4·3 폭동을 진압하라고 하는 군의 명령을 어기고 14연대에선 우익계 장교들을 죽이고 반란을 일으킨 사건이 터진다.

당시 순천에선 좌도 우도 모르는 양민 2,000여 명이 한꺼번에 학살을 당하는 등 맥없는 양민들만 죽임을 당한 사건으로 그들은 그 후 폭풍 노도와 같이 순천을 한바탕 피비린내 나는 동족상잔으로 살육을 한 후 순천을 지나 구례골 지리산을 거점으로 진격해 오면서 평온하기만 했던 구례골은 한순간에 민란의 소용돌이 속에 휘말려야 했다.

밤에는 소위 산사람(반란군을 뜻함)에게 시달리고 낮엔 이 나라 치안책임자들에게 시달리고, 여기서 우리 작은아버님은 밤에 하동선 전봇대 지키는 보초를 보시던 중 반란군들이 전봇대를 베어 가버리는 바람에 치안책임자들로부터 죽임을 당했다고 하셨는데 어른들의 말씀에 의하면 그날 죽은 자들이 우리 작은아버님 말고도 3명이 한꺼번에 변을 당하셔서 지금도 4분이 한날한시에 제사를 지낸다고 했다.

　당시 봉성산 정상에선 대나무 속 숨었던 좌익들, 그리고 관군들은 읍 사수를 위해 연신 따발총이 따, 따, 따 무섭게 갈겨대곤 했다는 당시를 말하는 여러 증인의 말을 들으면 오랜 지금에 와선 맘이 그저 착잡하기만 하다.

　이 땅에 다시는 이런 부질없는 사상논쟁이나 일으켜 애꿎은 양민들이 학살되는 일은 정녕 없어야겠다는 생각을 해 본다. 봉성산은 해마다 잎이 피고 지며 낙엽이 우수수 가느다란 길에 흩날리곤 한다. 방금 머리 위를 맴돌며 떨어지는 낙엽 한 조각을 보니 왠지 '이 해가 또 가을이 찾아오는 구나'라고 생각하다 보며 세월의 무상함을 느끼며 내 발길은 어느덧 산에서 내려오고 있었다.

노인(老人)과 과욕(過慾)

입추(立秋)가 지난 지도 어느새 사나흘이 지났는데 폭염의 기세는 좀체 식을 줄 모르고 연일 불볕더위다. 기상이 많이 변한 탓일까? 필자가 나이 어리고 젊은 시절엔 정녕 이리도 덥진 않았으리라 싶다.

이제 입추가 지났으니 조금만 지나고 나면 모기 입이 비틀어진다는 처서(處暑)라는 절기가 쉬이 올 터인데 여름이란 계절은 뭐가 그리도 아쉽다고 이리도 끈질기게 버티며 연일 불을 뿜어대고 있는가? 젊었을 적에는 그래도 여름이 좋았는데 언젠가부터 난 차라리 몸이 좀 차가움을 느끼지만 그래도 겨울이 지나기에 더 좋은 듯싶다.

청록색 굵은 줄기 아래로 휘어진 가지마다 주렁주렁 매달린 빨간 고추를 수확하는 기쁨은 참 즐거운 일이다. 그런데 언젠가부터 그런 고추 따는 즐거움도 점점 사라져버리고 나도 모르게 그런 모습들은 이제 그저 농촌에 살아남아 고달픈 삶을 살아가는 대다수 고령 노인의 몫인 듯싶어 맘이 쓸쓸하다.

요즘 38도를 웃도는 폭염으로 도시나 농촌 할 것 없이 민초들의 삶이 고달프기만 하다. 뭐 아무리 이 지독한 폭염이 와도 가진 사람들이야 남의 얘기라 생각되겠지만 하루하루 날 품팔이로 벌어서 먹고사는 대다수 서민들은 큰 고통이 아닐 수가 없다.

날만 새고 나면 티브이나 신문지 상에 대문짝만하게 실린 한낮 폭염으로 인한 사건·사고들 그중에서도 공사 현장에서 막노동하다가 더위에 지쳐 쓰러진 인부들 하며 한낮 불볕더위에 고추나 콩밭 고랑에서 농사일하다가 쓰러져 숨지는 사건 사고 소식들을 접할 때이면 참 안타깝고 맘이 아프다.

사람은 나이가 들어갈수록 욕심을 버리라고 했던가? 그런데 어떤 사람들은 이와는 정반대로 늙기도 서러운데 나이가 들어가면서 더 많은 일을 하려고 허욕을 부리는 사람들이 더러 있어서 가까이서 보는 이로 하여금 맘이 참담함을 느낀다.

누군가는 사람들의 삶에 있어 육십 대의 삶과 칠십 대의 삶은 상당히 차이가 많다고 하는 말을 들었다. 칠십 대의 사람들은 그래도 육십 대 그 시절이 좋았고 육십 대의 사람들은 그래도 오십 대 그 시절이 좋았다고 얘기들을 한다.

우리 속담에 밤새 안녕이라고 했던가? 창조주 하나님께서는 어찌 우리 인생들은 제 코앞에서 벌어질 일조차 알 수 없도록 만들어 주셨을까? 아무리 우리 인생들의 일생(一生)을 생로병사(生老病死)라고 하지만…….

내가 다니는 교회에 고령의 한 여성도님이 요즘같이 폭염이 이글거리는 한낮 불볕더위의 밭고랑에서 고추 따는 작업을 하다가 그만 더위에 머리가 빙 돌더니만 의식을 잃고 뇌진탕으로 쓰러져서 지금은 인사불성이 되어 병원 응급병동에서 사경을 헤매고 있는 안타까운 일이 벌어졌다.

그분은 작년 이맘때 남편을 하늘나라에 보내고 슬픔의 맘이 채 가시기 전 겨우 맘을 추스르고 평온을 되찾는 듯 했는데 이젠 당신이 중한 병을 얻어 초라한 병상에 누워 핏기라곤 찾아볼 수 없는 희멀건 눈을 깜박거리며 곁에 사람 오가는 것도 모른 채 고통 하는 모습을 보니 내 맘이 왜 이다지도 아프고 괴로운지 모르겠다.

그러니까 지난 4월 어느 봄날이었던가? 올해 고추 모종으로 평전 밭에다가 500주를 심었다고 말하는 걸 들었다. 난 고추 농사의 힘든 과정을 잘 알기에 "너무 많이 심었어요? 나중에 어떻게 그 많은 것을 수확하려고 그러세요?"라고 반문하면서 내심 못마땅해하는 나였다. 그리고 부디 혼자 일 하지 말고 마을 사람들을 사서 하라고 신신당부 한 적이 있었다.

그로부터 꼭 석 달여 만인 8월 초 그분은 지금 중한 병을 얻어 사경을 헤매고 있다. 날만 새고 나면 교회에서 보는 얼굴이라서 더 맘이 아프고 쓰리다.
지나간 봄 어느 날이던가? 평소에 참 건장한 아직 육십이 채 안 된 이웃 동네 동생뻘 되는 또 한 사람이 잠을 자다가 급작스러운 뇌출혈로 응급조치하였으나 회복하지 못하고 저세상으로 가버리는 불행한 사건이 발생했다.

그때 그 일을 보고 듣는 이로 하여금 모두가 안 되었다고 말들을 많이 했는데 나중에 알고 보니 그 사람도 농번기를 맞아 팔십여 마지기나 되는 논, 밭 힘든 농사일을 하다가 아마 과로로 숨진 것 같다고 뒷말들을 많이 하는 걸 들었다.

어쩌면 이 모두가 부질없는 욕심 때문에 아님 노인의 과욕이 부른 참사라고 난 단정 짓고 싶다. 난 올해로 내 나이 이제 막 칠십에 들어선다.

칠십은 흔히들 고희(古稀) 혹은 희수(稀壽)라고 말한다. 고희라는 말은 중국 당나라 시인 두보(杜甫)의 '인생칠십 고래희(人生七十古來稀)'라는 곡강시(曲江詩)에서 유래되었다고 한다. 내가 벌써 칠십? 정녕 그 말이 믿기질 않는다. 그러나 어쩌랴, 엄연한 사실인데. 그러고 보니 올해 나의 인생길이 시속 70km 속도로 달려가고 있으니 참 빠르다는 말밖에…….

일찍이 공자(孔子)는 계씨편(季氏篇)에 군자삼계(君子三戒)라는 말을 했는데 첫째 청년기(靑年期)에는 색욕(色慾)을 조심하라고 했다. 두 번째는 장년기(壯年期)에는 분쟁(分爭), 다툼을 조심하라고 했고 마지막 세 번째는 탐욕(貪慾) 특히 노탐(老貪)을 조심하라고 했다.

참 생각해보면 지극히 맞는 말이다. 사람은 저마다 노년에 들어가면서 탐욕이란 멀리해야 할 일이 아닌가 생각한다. 난 언젠가부터 심한 우울증을 서너 번 앓고 나면서부턴 버리는 연습을 많이 하고 사는 사람이다.

누군가는 사람은 나이가 들면 그저 몸 안 아프고 건강하게 지내는 게 자식을 도와주는 것이라고들 말한다. 참 맞는 말이다. 돈 천금만금 자식들에게 물려 주면 뭐하랴? 더군다나 요즘같이 가구 구성원이 단순한 핵가족 시대인데, 이젠 자식들이 부모 병들면 곁에서 병수발하고 봉양할 시대는 진작 지나버린 것 같다. 생존경쟁의 시대에 자기 한 몸 살아가기도 빠듯한데 어찌 부모 봉양을 하랴? 기대하는 사람이 어리석다고나 할까?

그래서 난 더더욱 모든 걸 내 곁에서 시나브로 버리는 연습을 하는 것이다. 내 맘에 근심덩어리도 머리를 어지럽히는 작은 일들까지 훌훌 다 털어버리고 그저 평범한 한 그루의 나목으로 살아가고 싶다. 어차피 빈손으로 왔다가 나중엔 또 하나님이 부르시면 빈손으로 돌아갈 터인데 말이다.

저 멀리 노을 타오른 자리엔 눈썹만큼 가느다란 반달이 오늘따라 내 안에 다가와 작은 미소로 가물거리는 모습 하얀 그리움으로 남는다.

2017. 8. 12.

할머니의 묘소(墓所) 앞에서

가을의 초입이라고 하는 입추(立秋)가 한창 지나 처서(處暑)가 낼모 레인데 여름이란 계절은 좀체 물러설 기미를 보이질 않는다. 더구나 초여름엔 그리도 날이 가물더니만 오늘따라 별로 쓸데도 없는 비까지 추적추적 내리는 바람에 습한 공기가 짜증스럽다.

잠시 비가 개인 틈을 타서 장검 들녘 한 모퉁이에 있는 조상의 묘소 를 찾았다. 지난 3월 초이던가? 부모님과 조부모님의 묘소가 따로 떨 어져 있어 후손인 내가 해마다 관리하기가 어려움이 많았다. 그래서 고민 끝에 이장(移葬)사업을 하기로 마음먹고 한 군데로 이장사업을 했 는데, 사업을 해 놓고 보니 그때 일 하기를 참 잘했다고 생각된다.

우선 여기저기 흩어져있는 묘소를 해마다 찾아다니며 벌초를 하기 란 여간 힘들 때가 많다. 젊었을 적엔 그런대로 해내었는데 내 나이 이제 칠순에 들어서니 힘든 일은 먼저 자신감이 없어지곤 한다. 그래 서 큰맘 먹고 거금을 들여 이장사업을 했는데 이젠 한군데만 하면 끝 이기 때문에 더없이 좋다.

며칠 전에 예초기로 자라나는 풀들을 말끔히 베어서인지 묘소는 잘 정리가 되어 보기가 좋다. 다만 하도 자주 내리는 비 때문에 푸른 잔디 틈새에 여기저기 잡풀이 눈독을 들이며 뻗어내려 자라는 바람에 오늘은 그 잡풀을 하나하나 뽑아내는 작업을 하는 일이었다.

듬성듬성 제법 우거진 잡초들을 뽑다 보니 문득 조선 중기 때 명기(名妓) 황진이(黃眞伊)의 묘소를 지나가면서 읊조렸던 백호(白湖) 임제(林悌)의 시조 한 수가 생각이 난다.

청초(靑草) 우거진 골에 자는다 누엇는다/홍안(紅顏)을 어듸 두고 백골(白骨)만 무쳤는이./잔(盞) 자바 권(勸)호리 업스니 그를 슬허호노라.

푸른 풀이 우거진 산골짜기에 자고 있는가 그러지 않으면 드러누워 있는가/붉고 젊은 얼굴은 다 어디다 두고 백골만이 남아서 묻혀있는가/이제는 나한테 잔을 들어 권해줄 사람이 없으니 참으로 그 일이 슬프도다.

여기서 시인은 비록 황진이에 대한 애틋한 그리움으로 모습을 상상하면서 그렸을 것이다. 묘지가 잡초만이 우거진 곳에 엉성한 봉분만이 보이는데 그토록 어여쁜 얼굴은 어디로 가버리고 하얀 뼈만 묻혔는가? 탄식하며 그 심정을 그린 모습이 보인다.

난 할아버지에 대한 기억은 잘 나질 않는다. 내가 한두 살 적에 79세의 나이로 돌아가셨다고 한다. 다만 할머니는 내 나이 스무 살 적 어느 봄날 참 그날이 곡우(穀雨)날 낮에 돌아가셨다.

할머니에 대한 나의 어린 기억은 너무나 많다. 난 어려서부터 몸이 너무 약한 탓에 잔병치레를 너무나 많이 했다고 하는데 특히 매일 같이 죽었다가 깨어나기를 밥 먹듯이 했다고 한다.

난 어려서 어머니보단 할머니 품속에서 자랐다고 한다. 그도 그럴 것이 그 당시에는 남성 우월 시대인데 내 위로 형들이 2명이나 있었는데 모두가 어려서 홍역 등으로 일찍 다 죽어버리고 세 번째로 낳은 나 역시도 숨이 까딱까딱하면서 어렵게 연명하고 있으니 나에 대한 우리 부모님이나 할머니의 사랑은 대단하셨다, 행여 또 죽을까 봐 그야말로 애지중지였다.

그런 할머니에 대한 어릴 적부터의 받았던 정은 오랜 세월이 지났지만 늘 그리움으로 남는다. 오랜 세월이 지났지만 지금도 선명하게 기억으로 남는 것은 내 나이 8살 적이었던가. 초등학교에 입학을 시키니까 어느 날 그만 마루에서 마당으로 굴러떨어져서 다리에 골절상을 입었다.

그 후 할머니는 걸어서 30여 분의 거리를 나를 등에 업고 한약방으로 데리고 가서 침을 맞게 하기를 수개월 그 어린 나이에 어른도 맞기 힘든 침을 아직은 어린아이에 불과한 아이에게 침을 맞게 했으니 손자가 침 맞는 고통을 곁에서 지켜보시던 할머니의 마음은 애간장이 다 탔을 것이다.

어디 그뿐이랴. 어린 나이에 이빨 아픈 병은 어찌 그리도 달고 살았는지 어린 나이에 이 아픈 것을 차마 두고 볼 수 없으셨던지 하도 이가 아린다고 보채니까 하루는 바위 위에 피는 일명 독버섯 삶은 물을 이빨에 머금고 했는데 그 후로 다신 이빨은 아프지 않았는데 그 결과 30대가 막 지나가면서 이빨 전부가 서서히 부서지더니만 한 개도 남지 않고 보철 틀니를 해야만 했다.

나에 대한 할머니의 사랑은 남다르게 유별났지만 다만 어린 손자에게 독버섯 물에 이빨을 담그게 해서 위아래 이빨 모두가 조기에 망가뜨리게 한 원인은 지금까지 두고두고 큰 후회로 남는다.

누군가는 인생(人生)이란 여행(旅行)길이라고 한다. 저마다 단 한 번밖에 주어지지 않은 삶이기에 우리네 인생을 일생(一生)이라고들 말한다. 또 인생이란 왕복이 없는 승차권 한 장만 손에 쥐고 떠나는 단 한 번뿐인 여행길과도 같다. 되돌아오는 길이 정녕 없기에 단 한 번 주어지는 삶 그러기에 우리는 아무렇게나 막 살아서는 안 된다고 생각한다.

하루가 멀다 않고 내리는 비 때문에 묘소에 풀은 잘도 자라난다. 지나간 봄에 묘소 정원을 푸른 잔디로 촘촘히 입혀 보기가 참 좋았는데 언젠가부터 쇠비름이며 바랭이란 잡풀이 듬성듬성 틈새를 파고든다. 뽑아도 뽑아내도 잔디 틈새를 비집고 자라나는 잡초가 오늘따라 더없이 얄밉다.

아침나절부터 추적추적 내리던 빗방울도 이젠 다 그치고 저 멀리 남쪽 하늘가에 우뚝 솟은 오산을 바라보니 섬진강에서 토해낸 하얀 물안개 산허리에 길게 드리워져 있다. 문득 저 멀리서 할머니의 세미한 음성이 내 안에 다가와 나이 어린 시절 못 내 그립고 애달픈 모습들이 이젠 그리움으로 손짓하는 소리 너무 정겹다.

2017. 8. 20.

어느 가을날의 단상(斷想)

오늘따라 창가에 웬 가을비가 또 추적추적 내린다. 엊그제 초저녁 무렵에는 하늘이 온통 검은 구름으로 가을의 아름다운 노을 햇살을 가린 채 서서히 다가온 먹구름이 온 하늘은 덮더니만 하늘은 금방 여름에나 들릴법한 요란한 천둥소리와 함께 폭우가 쏟아지면서 저절로 찾아온 가을을 저만치 밀어내버린다.

지난 늦여름이었던가?
다른 해 같았으면 비가 적당히 내려서 오곡백과들이 수분공급을 제때에 잘 받아 무성하게 가지를 내며 자랄 법도 하련만 또 이른 봄부터 한 해 동안 애써 지은 농사가 토실토실한 알곡을 맺어 거둘 때가 되었지만 하루를 멀다 않고 내리는 가을비가 오늘따라 야속하게만 느껴진다.

우리나라 애국가 3절을 보면 '가을하늘 공활한데 높고 구름 없이'라는 가사가 있다. 그런데 올해만큼은 암만 생각해도 하늘이 공활하고 높은 것이 아니라 낮고 구름 많은 어두운 가을로 바꿔 부르고 싶은 야속한 현실을 생각해본다.

지난 늦여름이었던가? 나무와 곡식들이 한창 물을 빨아들여 토실토실한 열매를 맺어야 할 때련만 여름이 다 지나가도록 비를 내리질 않아 나무와 곡식들이 여물지 않아 쌀농사를 짓는 대부분의 농촌 사람들은 맘속이 타들어갔다. 또 해마다 풍년으로 쌀이 많이 생산되는 바람에 작년에 이어 올해도 쌀값 대폭락으로 가뜩이나 어려운 농촌에 찬 바람이 쌩쌩 불어오고 있다. 농촌이 후해야 도시가 더불어 잘 살아 갈 터인데…….

올해 벼농사를 짓는 사람들 가운데 다는 아니지만 일부 남부 들녘 논에선 아직 채 여물지도 않은 벼가 잦은 가을비 때문에 논바닥에 선 채로 벼알에서 싹이 돋아나는 사상 초유의 기현상으로 당한 농민들 이 울상이라고 한다. 애써 지은 농사가 하루아침에 밥쌀로서의 기능 을 잃어버리자 크게 시름에 잠겨있다고 한다.

그러고 보면 필자도 올해 벼농사를 1,500평 지었는데 다행히 이 지 방은 그런 현상은 아직 발생하진 않았지만, 10월의 끝자락이 내일모 레인데도 아직 수확도 못 하고 비가 그치기만을 기다리고 있다. 생각 하면 올 한 해 농사는 참 어려운 한 해다.

쌀값 대폭락은 농촌의 인심마저 흉흉하게 만들고 팍팍한 모습을 보인다. 모든 것이 전과 같지 않다는 것을 금방 느끼게 한다. 지난 7, 80년대 농경사회에서나 볼 수 있었던 농촌의 정겨운 모습들은 사라 져버린 지 오래다. 이웃 간 훈훈한 정을 나누고 서로가 음식 나누어 먹던 시절들은 이젠 먼 시대 얘기가 되어버렸다. 논, 밭, 들녘에서 새 참이라도 나눈 모습들은 더더욱 옛날 얘기가 되어버렸다. 우리 집은 마을 한가운데 있다. 우리 집 주위로 집들이 빙 둘려져 있고 그 한가 운데 우리 집이 푹 들어서 있다.

이웃 간에 경계를 표시한 담장도 호박돌로 나지막하게 쌓여있다. 10여 년 전 하늘나라로 가신 어머님은 살아생전에 유별나게도 이웃들하고 나누어 먹기를 좋아하신 분이다. 또 우리집을 찾아온 사람들은 그 누구도 그냥 보내지 않고 꼭 음식을 먹여서 보내시곤 한 정이 많았던 분이시다.

집안이 종갓집으로 없는 살림에 해마다 열 번 이나 지내야 하는 제사하며 대식구인 관계로 번번이 돌아오는 어른들 생일 등이 많아 색다른 음식을 자주 장만 하는 일들이 많았는데, 그럴 때마다 이튿날 아침이면 어김없이 어머님께서는 나지막하게 쌓인 토담 너머로 광주리에 담은 음식을 이웃들에게 나누어주셨던 모습은 오랜 세월이 지났지만 지금도 내 눈에 선하다.

또 오늘처럼 가을비가 추적추적 내리는 날이면 농사일을 못 하시기 때문에 마을 아래에 가늠정들 한가운데 있는 '쏘둠벙'이란 곳에서 반이나 고여 있는 물을 드레로 모두 퍼내고 나면 거기엔 살이 찐 붕어며, 피라미, 참게, 미꾸라지들이 파닥파닥거리며 손에 쉽게도 많이도 잡힌다.

오랜 세월이 지나가 버린 일이었지만 지금도 간간이 그때 그 시절 어머님이 해주시던 추어탕이 많이 생각난다. 특히 농약을 사용하지 않던 시절들이라 물이 오염되었을 리도 전혀 없으니 마음먹고 먹어도 좋았다. 커다란 소쿠리에 듬뿍 담아 집으로 가져와서 온 식구들에게 맛있는 매운탕 하며 추어탕을 맛있게 끓여서 골고루 온 식구들에게 먹여주시던 그 어머님의 손맛을 오랜 세월이 지나갔지만 두고두고 잊을 수가 없다.

그런데 어머님은 그 당시에 이상하게도 추어탕은 손수 맛나게 잘 끓이시고 하셨지만 정작 당신은 육식과 물고기 음식은 애당초에 못 드시니 내 어린 나이 시절이었지만 그럴 때마다 조금은 어머님이 미안하고 죄송한 맘이 들었다.

그러나 그 후 육식이라곤 평소에 그리도 멀리하신 분이셨지만 나이가 점점 드시면서 노쇠한 가운데 평소 그처럼 멀리하셨던 육고기 그것도 사골로 달인 국물을 자주 마신 탓이었는지는 몰라도 중풍이 와서 반신불수가 되셔서 무려 3년 반이나 노병으로 싸우시다가 10여 년 전에 하늘나라로 가셨다. 오랜 세월이 지난 오늘 이 시간 그런 일들을 다시금 회상하니 나도 모르게 눈시울이 아려온다.

그러고 보면 주야의 반복 사시의 변화 속에 세월은 참 빠르게도 내 곁을 지나가 버린다. 우리 옛글에 '未覺池塘에 春草夢이요 階前梧葉이 已秋聲'이란 말이 있다고 하지만 잦은 가을비 때문에 가을걷이도 채 못다 했는데 저 보이는 뜨락에 오동나무 가지에선 몸통에 붙어있는 가느다란 잎새 떨어지는 소리가 처량하게 들린다.

10월의 끝자락, 해마다 이맘때이면 저 멀리 보이는 지리산 자락에도 붉은 단풍이 서서히 물들어 가겠지? 또 피아골 삼홍소(三洪沼)에도 고운 단풍이 흐드러지게 피어 오만 사람들의 눈길을 독차지할 터이고, 아마 이 단풍이 지고 나면 어느새 이 한 해도 좋으나 궂으나 둥그런 나이테 한 바퀴 그려질 거다.

우울증이 재발 올해로 꼭 4년째 앓던 몸도 이젠 다 나았는데 그동안 몸이 아파 그리도 가보고픈 곳이 너무 많았는데 올해는 아내 손잡고 자연을 벗 삼아 가보고픈 곳 여기저기 맘껏 다녀보자 했는데 암만도 내년으로 또 미루어야 할 것 같다. 왠지 가고픈 맘이 내키질 않는다. 시국이 너무 어수선하여 맘이 어둡다. 이리도 착잡한 맘으로 그 어디에 간들 보는 즐거움이 있으리오.

온 나라가 소위 최순실이라는 한 여인이 저지른 국정농단 사건으로 대한민국호가 침몰 직전이라고 한다. 성난 민초들이 거리로 나와 시국선언을 하는가 하면 수많은 군중이 매일 밤마다 촛불집회로 나라가 극도로 혼란스럽다. 저 성난 민심을 누가 잠재워 줄 것인가?

일개 한 아녀자가 대통령의 처소를 제 집 드나들 듯 종횡무진 다니며 통치자의 눈을 마치 무당소굴로 끌어들여 제왕적 군주 시대에서나 볼 수 있었던 수렴청정과도 같은 일련의 모습들을 생각해보면 개탄스럽다 못해 참담한 맘이다.

가뜩이나 어려운 농촌 하며, 어지러운 국·내외 정세, 계속되는 경제의 불황으로 서민들의 삶이 너무나 고달프고 팍팍한데, 이 나라 정사가 한낱 최순실이라는 여인을 중심으로 비선실세들의 국기문란 사건은 급기야 대통령 하야까지 외치며 난리다.

이 시대를 살아가고 있는 한 구성원으로서 어쩌다가 나라가 이 모양이 이 꼴이 되었는가? 울분을 참을 수가 없다. 아무리 사람은 이기주의적인 존재라고 하지만 나라와 민족을 위한 충신은 간곳없고 오직 간신배들만이 득실거리는 볼썽사나운 모습을 보니 내 눈과 귀를 꽉 막아버리고 싶다. 이 나라엔 정녕 힘없고 어려운 백성들의 통한의 눈물을 따스하게 닦아줄 어진 신하가 그리도 없단 말인가? 저 잔인한 10월이여! 부정한 간신배들이여! 내 눈에서 어서 사라져버려라.

2016. 10. 30.

남한산성(南漢山城) 영화를 보고

우리나라는 지리적 여건으로 볼 때 중국, 러시아, 일본 등 강대국들과 이웃을 하고 있어 반만년 역사를 가진 유구한 민족이라고 하나 지나간 역사를 뒤돌아보면 그동안 강대국들의 수없는 외침으로 나라와 민족이 큰 고통을 받고 지내온 파란만장한 삶의 연속이라고 생각된다.

조선을 건국한 태조 이성계가 고려조 말 대원수가 되어 요동 정벌을 하러 갔다가 소위 4대 불가론 즉 작은 나라로서 큰 나라에 거역하는 것이 한 가지 옳지 못함이요. 여름철에 군사를 동원하는 것이 두 가지 옳지 못함이요. 온 나라가 군사를 동원하여 멀리 나가면 왜적이 그 틈을 타서 쳐들어올 것이니 세 가지 옳지 못함이요. 또한 지금은 장마철이므로 활에 아교가 풀어지고 많은 군사가 역병을 앓을 것이니 네 가지 옳지 못함이라는 불가론을 앞세워 왕명을 어기고 위화도에서 회군 고려의 수도인 개경을 공격한 일은 1388년의 일이다.

당시 고려조의 기둥이라고 할 수 있는 최영 장군이나 정몽주 등 다수의 신하와 장수들이 있었지만, 신흥 세력으로 급부상한 이성계는 기울어져 가는 고려조를 군사 반란을 일으켜 무너뜨리고 조선왕조를 세우니 그때가 1392년 8월의 일이다.

조선은 그로부터 꼭 200년 만인 1592년 4월 임진왜란이 일어나 무려 7년 동안이나 삼천리 강토가 일본군에게 처참하게 짓밟히고 도륙

당하여 백성들의 처절한 삶을 생각하면 후손인 우리는 지금도 치가 떨린다.

당시에 이율곡 같은 분은 국제정세를 올바로 판단 일본의 침공에 우리도 군을 대비해야 한다는 논리를 내세워 선조 임금에게 10만 양병설을 주장하지만, 동인과 서인으로 크게 나누어 파당 싸움으로 일삼은 조정은 당쟁의 소용돌이 속에 휘말려 그 주장은 묵살 되고 말았다.

그 결과는 너무나 참혹했는데 이웃 나라 일본은 전국을 통일한 제국주의자 도요토미 히데요시(豊臣秀吉)라는 사람이 중국 대륙을 침공한다는 구실을 내세워 조선에게 길을 내어줄 것을 요구한다.

그러나 국정을 맡고 있던 대다수 동인들은 풍신수길을 일컬어 얼굴은 마치 쥐처럼 생긴 사람으로 우리가 전혀 두려워 할 위인이 못 된다고 과소평가한 나머지 무시하고 만다. 그러나 일본은 1392년 4월, 부산을 공격하는 것을 필두로 임진왜란이 일어나게 되는데 이 전란으로 인하여 얼마나 많은 건물이 소실되고 백성들이 도륙을 당했는가? 어쩌면 군사 쿠데타를 일으켜 피의 숙청으로 탈취한 이씨 조선은 그에 대한 업보라고나 할까?

장장 7년간이란 긴 왜란으로 나라는 극도로 피폐하고 국민의 삶은 너무나 처참했다. 삼천리강산은 일본군의 말발굽 아래 쑥대밭이 되었고 전쟁에 패배한 결과는 너무나 잔혹했는데 수많은 부녀자가 강간을 당하고 또 전쟁으로 많은 백성이 일본으로 끌려가 큰 고초를 당했다. 전쟁에 참패한 나라의 숙명적인 통한의 운명이라고나 할까?

전란 중에 군주가 되어 백성을 팽개쳐 버리고 도망이나 다녔던 무능한 왕이라고 평가를 받고 있는 조선조 제14대 선조의 뒤를 이어 광해군은 1608년 조선조 제15대 임금에 오른다.

　그는 전란 중에 여러 전장을 누비며 총사령관 역할을 충실히 하며 백성들을 위로하고 명나라와 후금 사이에서 양다리 외교를 잘했다는 평가를 받고 있었던 반면 새어머니인 인목대비를 폐서인하여 궁에 가두고 이복동생인 영창대군을 강화도로 유배 후 골방에 가두어 증살(蒸殺) 하는 폐모살제(廢母殺弟)의 잔악한 일을 한 행동은 권력을 유지하기 위한 수단이었지만 대의와 명분 효를 강조한 서인들에게는 용납할 수 없는 일로 결국 인조반정이 일어난다.

　광해군의 뒤를 이어 인조반정으로 왕위에 오른 인조는 1623년 조선조 제16대 임금으로 왕위에 오르게 되는데 그는 왕위에 오른 후 광해군의 중립 외교를 버리고 친명배금(親命拜金) 정책을 펼친다.

　예나 지금이나 사람들은 목표를 이루기 위해서는 똘똘 뭉치지만 막상 목표를 이루고 나면 분열하기 마련인가? 이괄(李适)이란 사람은 인조반정 때 큰 공을 세운 사람이지만 당시 서인들의 틈새에서 논공행상 때 그 공을 제대로 인정받질 못해 이에 대한 불만이 많은 사람이었다.

　이에 대한 불만으로 드디어 이괄은 난을 일으키지만, 부하가 배신을 하는 바람에 세력은 와해 되고 부하 장수들은 후금으로 도망을 가 조선을 침공하자고 부추기는 등 후금의 앞잡이가 된다.

세력을 계속 키워온 후금은 평소 인조의 친명배금(親命拜金) 정책에 크게 불만을 가져오던 중 이괄의 잔당 세력들을 앞세워 1627년 1월, 3만의 대군으로 광해군의 원수를 갚는다는 명분을 내세워 조선을 침공 인조는 황급히 강화도로 피난을 떠난 후 후금은 더는 전쟁을 계속하지 않는다는 조건으로 명나라와 가까이하지 말라는 약조를 받고 형제 관계를 맺고 난 후 군대를 철수하게 되는데 이것이 1627년에 발생한 첫 번째 호란인 정묘호란이다.

후금은 점점 세력을 키웠고 1632년 조선에게 다시 양국 관계를 형제 관계에서 군신 관계로 바꿀 것을 요구한다. 후금은 다시 국호를 후금에서 청(靑)으로 바꾸더니 조선을 더욱 압박을 가한다.

21세기 오늘을 살고 있는 대다수의 나라는 실리 추구를 선택했을 것이나 당시 인조가 살던 시기는 17세기로 의리와 명분을 목숨보다 더 우선시 되던 시기였으니 더구나 조선은 사대주의 사상으로 친명배금주의 정책을 택하였던 터라 '죽더라도 명에 대한 의리를 지키겠다'라는 생각으로 청을 배척한다.

청나라는 이를 빌미로 장수 용골대(龍骨大)가 10만의 대군을 이끌고 1636년 12월 명장 임경업이 있는 의주의 백마산성을 경유해 곧바로 한성을 진격한다. 인조는 왕족을 강화도로 피신시키고 나머지는 남한산성으로 들어가 47일간의 항전 태세에 들어가는데 남한산성은 임진왜란으로 불탄 부분이 복구가 덜 된 상태였고 군량미도 적은 상태였다.

이런 상황에서 조선의 조정은 크게 두 파로 나뉘게 되는데, 예조판서인 김상헌을 주축으로 오랑캐에게 다시는 무릎을 꿇을 수 없다고 하는 척화론자(斥和論者)와 이조판서인 최명길을 주축으로 '오랑캐라고는 하나 우리보다 군사력이 강한 걸 무시할 수 없다. 우리가 처한 현실을 인정해야 한다!'라고 하는 주화론자(主和論者)가 서로 다투게 되었다.

형세는 결국 최명길이 주장한 주화론(主和論)으로 기울게 된다. 주전론을 주장했던 김상헌이 항복문서를 찢으면서 오열을 했던 일화가 있었는데 대세는 어쩔 수 없었다. 강화도가 함락되고 왕실이 포로로 잡히자 인조는 항복을 하게 되는데 청을 군신 관계로 맞아드리기로 한다. 이것이 바로 삼전도의 굴욕이다.

삼전도(三田渡)는 오늘의 잠실 부근인데 당시 그곳에 삼전동이 있었다고 한다. 인조가 청에게 군신 관계를 맺고 끌려 간 때는 매서운 한겨울이라고 한다. 얼어붙은 한강 바닥에 제단을 쌓고 청나라 황제가 올라가 있었는데 그 차디찬 얼음 바닥에서 인조는 무릎을 꿇고 양손을 땅에 댄 다음 머리가 땅에 닿을 때까지 3번 숙였다고 한다.

그렇게 하여 총 9번을 청나라 황제에게 절을 했다고 하는데. 이때 이마가 바닥에 쿵 하고 소리가 날 정도로 닿아야 한다고 했다. 이로 인해 인조는 결국 이마가 찢어져 온몸이 피로 물들었다고 한다.

삼전도의 굴욕 이후 소현세자, 봉림대군은 인질로 청나라로 끌려 가게 되고 여자들도 끌려가 청나라 사람들의 성적 노리개가 되고 했는데 이들은 끌려간 여자들을 다시 조선으로 돌려보낸다.

이때 돌아온 여자들은 고향으로 돌아왔다는 의미로 그들을 환향녀(還鄕女)라고 불러 그녀들은 또 한 번 굴욕을 당했다고 한다. 나라의 힘이 약해서 인질로 끌려간 부인이 다시 돌아왔지만 남편의 외면을 당했다.

남자들은 몸이 더러워졌다는 이유로 부인들을 버린다. 이때부터 행실이 부정한 여성을 지칭하는 욕으로 '환향녀(還鄕女)'라는 말이 욕으로 변질되었다고 하는데 생각하면 이 얼마나 부끄럽고 서글픈 역사의 일인가?

지금 이 나라가 심상치 않다. 한반도에 사드 배치 문제로 중국과 미국의 대립각 속에 특히 중국의 압박이 거세다. 옛말에 고래 싸움에 새우등 터진다는 말이 있다. 강대국들의 틈새에 끼여 국·내외 정세가 참으로 어려운데 북핵 문제는 더더욱 큰 위협으로 지난 4월 전쟁위기설 이후 한 치 앞을 내다볼 수 없는 정국으로 국민은 불안하기만 하다.

이래도 나라와 백성들을 내팽개쳐 버리고 당리당략, 사리사욕에 빠져 역사에 두고두고 오명을 남길 위정자들이 될 것인가? 아니면 국난을 당할 때 자신의 몸을 기꺼이 던져 나라를 구했던 훌륭한 애국자가 될 것인가? 나라를 위해 온 국민이 한마음이 되어 국난을 헤쳐 나갈 때다.

2017. 10. 20.

어느 봄날에

봄비가 추적추적 내리는 아침나절이다.

개구리가 알에서 깨어난다는 경칩(驚蟄)이 엊그제 지나가고 이제 낮과 밤의 길이가 똑같다고 하는 춘분(春分)이 내일모레이다. 주야의 반복 사시(四時)의 변화는 어쩜 그리도 숨 가쁘게 내 곁에 다가오는가.

이 비가 그치고 나면 저절로 내 곁에 찾아온 물빛 고운 봄기운도 삼라만상을 일깨우며 온 대지 위에 골고루 스며들어 따스한 수액을 오만가지 꽃대에 스며들어 꽃의 향연을 부추기리라.

무던히도 차가웠던 작년 겨울, 내 나이가 들어가면서 해마다 반복되는 겨울이고 봄이지만 작년 겨울은 어찌 그리도 차가웠던지 핏기 마른 내 속살마저 도려내는 듯 차가웠던 지난 겨울인성싶다.

양지바른 곳, 덩치 큰 물앵두나무 아래 우뚝 솟은 목련화가 조각조각 타원형의 꽃망울을 맺으며 임산부 아낙네의 젖가슴처럼 부풀어 오른다. 그 곁에선 덩달아 장미꽃이며 철쭉꽃도 오랜 잠에서 눈 비비며 일어나 겨우내 잠들던 모습도 저만치 달아나버린다.

누군가는 봄은 본다(見)에서 왔다고도 하고 또 솟아나는 계절이라 해((陽)라고도 한다. 어쩜 봄이란 계절은 아무런 대가도 없이 해마다 한 치의 어김도 없이 우리 곁에 찾아와 오만가지 꽃을 피우며 팍팍한 세상을 살아가고 있는 우리 삶에 큰 위로를 주는 고마운 계절이라 생각이 든다.

지금쯤 산동 반곡마을 산자락에 요염한 자태로 찾아온 산수유 꽃망울이 여기저기 누런 금빛으로 한 움큼씩 수놓으며 손님맞이에 바쁜가 보다. 엊그제 산수유공원에 가보니 아직 조금은 이른 봄인데 주말이라 그런지 봄나들이 상춘객들의 발길이 분산한 걸 보았다.

산수유는 층층나무과의 교목으로 키는 약 5~7미터쯤 자란다. 구례는 산수유 시목지의 고장이다. 1000여 년 전에 산수유가 처음 심어진 구례가 산수유 주산지가 된 것은 조선시대이다. 임진왜란 때 피난 온 사람들이 눌러앉으면서 산수유나무를 많이 심었다고 한다.

꽃은 암수 한 그루로 3~4월에 노란 꽃이 잎보다 먼저 핀다. 수술은 4개 입술은 한 개다. 열매는 타원형으로 11월경에 빨갛게 익는다. 열매와 씨는 말려 여러 가지 한약재로 쓰이고 있다. 구례 산수유는 척박한 산골에서 효자 노릇을 톡톡히 했다. 옛날에 가난한 농민들이 소를 팔아 자식을 대학에 보낸 것처럼 산동 사람들은 산수유 열매를 팔아서 자식들을 교육시켰다.

필자가 젊은 시절인 20여 년 전만해도 해마다 산수유 수확 철인 11월은 산동에 사는 아낙네들이 낮에 수확한 열매를 입으로 밤늦게까지 한 개 한 개 씨앗을 발라내어 껍질을 도려내어 말리곤 했는데 그 작업이 참 힘든 작업이었다.

그러나 이처럼 힘든 작업이었지만 마을 사람들은 산수유나무 서너 그루만 있으면 자식을 대학에 보낼 수 있었다고 하여 일명 대학나무라고도 부른다. 그러나 언젠가부터 그처럼 귀하게 여긴 산수유 열매도 농촌의 고령화와 일손 부족, 중국에서 밀려드는 수입산들이 판을 치는 바람에 수지가 맞질 않아 참여 농가가 별로 없다고 한다.

그러나 구례군에서는 해마다 3월 셋째 주말 무렵이면 '영원한 사랑을 찾아서'라는 이름으로 약 7일간의 산수유축제를 하는데 봄에 제일 먼저 피는 노란 꽃을 보기 위해 각지에서 수많은 사람이 찾아와 사랑의 축제에 동참한다.

보슬보슬 내리던 봄비는 그쳤다, 이었다를 반복을 하며 온 대지 위에 골고루 단비를 적신다. 작년 겨우내 언 땅을 봄비가 녹여주고 있다. 이제 이 비가 그치고 나면 또 한 해를 살기 위해 온갖 생물들이 긴 수면에서 기지개를 켜면서 촉새를 틔우고 하늘로 우뚝 솟아나리라.

해마다 이맘때이면 한 치의 어김도 없이 내곁에 찾아온 자연은 새싹을 돋우며 다시 태어나 이 한 해를 살아가는데…… 어찌하여 인생은 한번 가면 다신 오지 못하는지, 창조주는 어쩜 이리도 불공평할까? 골똘히 생각하면 못내 아쉽고 또 못내 서글프기까지 한 인생살이가 아니런가?

아내가 요양보호사로 요양병원에서 근무를 시작한 것은 올해로 꼭 10년이 된다. 그 기간에 내가 몸이 아파서 1년 반 동안, 그리고 가정사로 2년여 기간을 제하고 나면 약 7년여 동안을 간병사로 근무한 셈이다.

아내는 십여 년 전만 해도 전업농·주부였다. 내가 공직에 27여 년을 근무한 이래 선조들로부터 물려받은 농토를 버릴 수 없어 그동안 아내가 힘들게 농사일했는데 농사일은 대부분이 아내의 몫이었다. 난 공직에 근무한답시고 날만 새면 출근하는 바람에 도시에서 자란 아내가 농촌으로 시집을 와서 고생깨나 했다. 이제 우리 부부가 60대, 칠십 대에 들어서면서 그리 큰 고생 하지 않아도 되는데 아내는 아직은 좀 더 일을 해야 한다고 하면서 출근이다.

그런데 아내는 언젠가부터 업무 특성상 수면 부족과 고된 노동으로 몸이 점점 더 약해진 듯 보였다. 특히 60대에 접어들면서 찬찬히 보면 평소 하는 일이 힘들게 보여 진작 그만두길 권하지만 얼른 그만두겠다고 하는 말이 없다.

부부란 마치 열차의 두 가닥으로 달리는 기차 바퀴 아닌가. 그중에 단 한 개의 바퀴도 고장이 나서는 달릴 수가 없는 것처럼 부부는 한 시대를 살아가면서 서로 의지하며 지탱하며 살아가는 참 소중한 존재이다.

아내가 요양원에서 근무하는 관계로 간혹 문병 차 요양원에 가보면 별의별 환자들이 다 있다. 그 가운데서도 유독 노부부가 나란히 한방을 쓰면서 함께 있는 걸 보면 왠지 바라보는 맘이 침울한 맘까지 든다.

아무리 우리네 인생살이가 생로병사(生老病死)라고 하지만 또 지금이 인생 100세 시대라고 말을 하지만 내 생각은 아파서 골골하면서 남의 도움으로 요양병원에서 100세를 살면 뭐 하랴 싶다. 하루를 살더라도 또 조금 덜 살더라도 몸이나 건강하게 편히 살다가 죽으면 하는 간절한 바람이다.

이제 또 올해 봄이 어김없이 내 곁에 찾아왔다. 암만해도 올해 오는 봄은 나에게 참 숨 가쁘게 지나가 버릴 것 같다. 산빛 고운 3월이 지나 약동의 4월이 되면 봄 돌아와 논, 밭에 씨 뿌리기 바쁘고 4월이 지나 5월이 되면 전부터 예정되어있는 막내둥이 상훈이 결혼식이 잡혀있다.

봄은 이렇게 시나브로 나에게 행복한 선물 한 아름 안고 찾아오고 있다. 아니 나만이 아니라 이 땅에 살고 있는 모두에게 따스한 봄볕이 골고루 스며들면서 대지를 불태우고 있다. 아무래도 올핸 더 좋은 소식이 기다려진다.

2018. 3. 20. 봄이 오는 정경을 보며

2부

내 아내는
요양보호사

조운(曹雲)의 생가를 찾아서

차창 밖으로 띄엄띄엄 보이는 이팝나무들이 온통 하얀 가루를 뿌리며 5월의 산야는 티 없이 맑고 푸르기만 하다. 누군가는 이팝나무가 곱게 잘 피어야만 풍년이 든다고 하는데 올해도 넝정 저 이팝나무가 무성하게 잘 피어있는 걸 보니 암만도 올해 더 큰 풍년이 들 것만 같다.

해마다 이맘때이면 전남문협에서는 회원을 대상으로 문학기행을 개최한다. 작년에 이어 올해도 이틀간의 일정으로 공주, 고창, 영광, 장성 등지에 산재 되어 있는 유적지며, 문학인들의 숨결이 살아 숨쉬는 유명 문학관 등을 돌아보며 문학의 도약을 계기로 삼고자 문학기행이 있는 날이다.

오늘은 어제 공주에 있는 나태주 문학관 탐방에 이어 그 둘째 날 일정으로 고창에 있는 조운 시인의 생가를 가기 위해 영광으로 가는 길이다. 당초에 고창 청보리밭을 둘러보고 가는 코스였지만 연휴라서 그런지 수많은 인파가 몰려들어 현지 여건이 버스 진입이 어렵다고 하여 아쉬움이 좀 남지만 포기하고 다른 일정을 앞당겨 영광으로 가는 길에 들어선다.

오월은 정녕 신록의 계절임은 틀림이 없다. 차창 밖으로 눈에 들어오는 오만가지 초록 잎새며 산, 강, 물빛이 한데 어우러져 눈부신 섬광으로 돋아나는 햇살 속에 마치 한 폭의 영화 필름처럼 스쳐 가는 정경들 속에 내 맘은 어느새 자연의 향기에 흠뻑 도취되고 만다.

옹기종기 야트막한 산허리 구불구불한 도로를 한 시간여를 달리니 눈에 영광이란 푯말이 들어온다. 굴비의 고장이라고 불리는 영광은 서해안에 위치하고 있으며 특히 석양 무렵 백수해안도로를 따라가는 길은 눈까지 부시다고 해서 많은 사람이 한 번쯤 이 길을 달려도 보고 싶은 아름다운 길이라고 말한다.

조운(曹雲) 선생은 누구인가?
조운은 일찍이 시조 시인의 한 분으로 1900년 6월 26일 전남 영광군 도동리 136번지에서 아버지 조희섭(曹喜燮)와 어머니 광산김씨의 6남매 중 넷째이자 외 아들로 출생했다. 아버지 조희섭은 조운이 4살 때 세상을 떠났고 조운은 18살 되던 해인 1918년 김공주와 결혼을 하였다.

조운은 이 나라가 가장 암울했던 일제 강점기에 천재적인 문학인으로 크게 활동했던 분으로 시조 시인이면서 일제에 맞서 항일독립운동으로 활동했던 민족 운동가이다.

버스로 한 시간여를 달려 영광읍 도동리에 한쪽에 있는 조운 생가에 다다르니 생가는 보기에 너무나 초라했다. 사후관리가 제대로 되질 않아 지붕은 기와장이 벗겨져 빗물이 속으로 스며들어선지 속살이 보였고 다 허물어진 기둥이며 벽체들이 금방이라도 무너질 것처럼 보여 보는 이로 하여금 맘이 아팠다.

대나무 울타리로 엉성하게 둘린 담장 오른쪽에 빛바랜 돌로 조운 생가라는 푯말이 있었고 그 돌비 속에는 「파초(芭蕉)」라는 시가 보였는데, 시인의 못내 그리움이 묻어나는 시다.

피이어도
피이어도 다 못 펴고
남은 뜻은

고국이 그리워서냐
노상 맘은 감기이고

바듯이 펴인 잎은
갈갈이
이내 찢어만지고

초라하게 생긴 집 안으로 들어서니 대나무 숲 여기저기에 눈에 익은 시어들이 돌비에 새겨진 채 산재되어 있는 모습을 보니 이 시대에 살고 있는 문인의 한 사람으로서 나도 모르게 침울함이 엄습해온다.

또 조운 선생의 대표작 「석류」라는 시가 눈에 선하게 들어온다.

투박한 나의 얼굴
두툼한 나의 입술

알알이 붉은 뜻을
내가 어이 이르리까

보소라 임아 보소라
빠개 젖힌
이 가슴

영광에서 나온 해설사의 말에 따르면 조운 생가는 사유재산으로
군에서 관리를 할 여건이 못 된다고 하며 언젠가부터 생가부지가 지
금의 소유주로 있는 사람이 경매로 낙찰을 받아 소유권 행사를 하는
바람에 행정당국에서도 어쩔 수가 없다고 한다. 또 원인은 잘 모르지
만 일찍이 월북을 한 집안으로 낙인 받는 바람에 더더욱 방치하고 있
다는 말을 들으니 맘이 씁쓸했다.

이 나라는 불행하게도 해방과 더불어 불어 닥친 이념 논쟁과 좌·
우익의 사상논쟁으로 같은 민족이면서도 내 편이 아니면 죽기 아님
살기로 남을 헐뜯고 피바람을 일으켜 그 얼마나 많은 무고한 사람들
이 이유도 없이 죽어갔는가?

이러한 암울한 시대에서 조운은 현대시에서 시조로 시형을 바꾸어
창작하면서 현대창작사조와 시조시형 연구의 지평을 넓힌 현대시의
중요한 지점에 있는 시인이었다.

창작활동을 활발하게 전개하던 그가 감행한 월북에 대하여는 아직
까지도 많은 의문점을 남겼고 한동안 금기의 대상이 되었다. 1988년

해금되었으나 그가 남긴 업적에 비해 많은 연구가 이루어지질 않았다고 한다.

조운은 1919년 삼일만세운동에 참여한 것으로 항일민족운동을 시작했다. 함께한 이들은 조병현, 조철현 형제와 매부인 위계후, 매제인 김형모, 즉 그의 가족들이었다.

조운은 비록 이데올로기를 좇아 월북하였지만 조운의 형제와 매부, 매제들은 일제에 부역하지 않았고 온몸으로 민족의 독립을 위해 혼신의 노력을 다 하였다.

이렇게 항일 운동가들로 뭉친 조운의 가족들은 조운의 시조를 민족혼을 지키는 장르로 인식되게 하였고 항일운동은 곧 시 정신의 바탕이 되었다. 해방 후 형제들과 매부, 매제들은 모두가 독립운동 공훈의 사실을 인정받아 현재 국립묘지에 안장되어 있다고 한다.

조운 선생은 일제 강점기 역사의 암울한 시대에 항일독립운동에 앞장섰던 분이며 그의 천재적인 소질로 초창기 조선 문단의 선구자 역할을 했던 분이다. 어쩌다 월북한 작가로 낙인이 되었지만 그 분이 남긴 민족 운동 등 수많은 업적을 비추어볼 때 좀 더 지속적인 연구와 재평가가 이루어졌으면 좋겠다.

2018. 5. 12.

어느 여름날의 단상(斷想) 1
-환자는 의사를 잘 만나야 산다

차창 밖으로 유월의 들녘은 푸르다 못해 진한 녹색으로 색칠을 한다. 엊그제 막 모내기가 끝난 논은 갓 시집온 여린 모가 줄지어 띄엄띄엄 둥지를 털기에 바쁘다. 한 포기 한 포기 논배미에 옮긴 모는 혹독한 여름을 걸쳐 여러 번 손질이 가고 나면 새하얀 밥쌀로 우리들의 식탁에 오를 것이다.

우리는 살아가면서 하루 세 끼니 밥을 먹고 살아가고 있다. 내 젊은 시절인 6, 70년대 고달픈 삶을 살 때 하얀 쌀밥 한 그릇 배부르게 먹어본 게 대다수 없는 서민들에겐 모두가 소망이었던 시절인데, 지금은 그 쌀밥은 옛사람들이나 하는 말처럼 들린 걸 보면 격세지감이라고나 할까?

지난 5월 26일 막내 상훈이가 결혼을 하여 이젠 나도 사내애들 세 놈들을 모두 여위살이를 시켰으니 부모로서 할 일은 다 했다고 생각하니 맘이 좀 홀가분하다.
그래서 이제부터는 그동안 숨 가쁘게 살아온 나날들을 생각하며 먼저 내 주위 친·인척들의 안부도 살필 겸 서울행 고속버스에 올랐다.

옛날에는 구례에서 서울로 가려면 오직 검은 연기 내 품는 기차가 그도 완행열차가 유일한 교통수단이었지만 이젠 다르다. 그전에 다니던 완행차가 열세 시간정도 걸린 게 지금은 단 3시간 10분이면 오갈

수가 있으니 얼마나 다행인가.

옛날에는 사는 방식이 느리게 살았다면 요즘은 스피드, 곧 빠른 시대에 살고 있다. 남보다 더 빨라야 한다. 모두가 어서 어서 빨리 빨리라는 대명사 단어가 되었다.

집에서 출발한 버스는 3시간 10분여만에 목적지인 서울에 잘 도착했다. 먼저 교회에 함께 다닌 한 분이 서울대 분당병원에 입원 수술을 기다리는 분을 문병하러 갔다.
말로 듣기만 했던 분당병원 시설도 크고 깨끗해서 보기에 좋았다. 오랜만에 만나 이런저런 말을 나누며 위로를 했다.

다만 병실이 1인실을 사용하고 있어 하루 병실료가 450,000원이라고 말했다. 참 너무나 비싸다고 난 생각을 했는데, 그도 방이 없다고 말을 하니 어이가 없어진다. 병원이 그리도 크고 많은데 날이 갈수록 병원에 환자는 넘쳐난다고 한다.

우리나라 국민의 1인당 평균 수명이 2017년 말 기준으로 남자 79세, 여자 84세라고 하지만 병원은 어찌 그리도 날마다 환자들로 북새통을 이루는지 생각하면 쓸쓸하다.

분당 병원에서 문안을 하고 나와 지하철을 이용 철산 요양원에 계신 내 부모님의 한 분밖에 없는 핏줄이신 고모님을 만나 뵈었다. 고모님은 올해로 88세 나이신데 내 나이 젊을 때인 1968년 10월 내가 처음 상경했을 때부터 조카인 나를 많이 사랑해 주시고 예뻐해 주신 참

고마운 분이다. 언젠가부터 고모님이 세상에 살아 계실 동안이라도 종종 들리려고 했지만 그게 맘뿐, 잘 되질 않는다.

작년 이맘때에도 찾아갔지만 한 해가 더 지나갈수록 고모님은 노쇠를 더해간다. 그 환한 얼굴 하며 유별나게 하얀 피부가 어느새 검은 버섯으로 얼굴 여기저기에 피어난다. 맘이 아프다. 50년 전 어릴 때 일들이 주마등처럼 머리에 스쳐 지나간다.

사람은 왜 아프고 늙고 병이 들고 종국에는 죽고 그럴까?
성경에서는 한번 죽는 것은 정한 것이라고 말하고 있다. 또 너희 생명이 무엇이냐. 너희는 잠깐 보이다가 마는 안개와 같다고 했다. 어떤 사람은 우리 삶을 초로인생이라고 말했다. 그러기에 정녕 우린 아프고 늙고 병들어 죽게 마련인가 보다.

너희는 내일 일을 도무지 알지 못한다. 하룻밤 동안에 무슨 일이 일어날지 알 수가 없다고 했던가? 서울에서 계획대로 모든 일정을 잘 마친 후 귀갓길에 오른 때이다. 고속버스로 오는 길에 한 시간여쯤 달려왔을까? 아랫배가 살살 아프기 시작하더니 시간이 갈수록 온 배가 아파온다.

참 난감했다. 이런 때를 가리켜서 빼도 박도 못한다고 했던가? 나 한 몸 아프다고 하여 버스를 세울 수도 없고 또 그렇다고 도중에 하차할 수도 없고, 참으로 힘들었다. 3시간여를 달려오는 동안 가까스로 있는 힘을 다해 복통을 참으니 정해진 시간에 버스는 잘 도착을 했다.

도착하자마자 난 병원으로 달려갔다. 그때가 석양 무렵으로 병원에서 진단 결과 일상적인 위경련 복통이라고 말한다. 그런데 진료를 받고 나서 복통이 좀 나아야 하는데 시간이 갈수록 배는 더 아파온다.

난 금세 무식쟁이가 되어버렸다. 진료 의사의 말을 철석같이 믿은 어린아이처럼 좀 지나면 낫겠지 라는 막연한 생각으로 그 아픈 배를 움켜쥐고 밤새 뒹굴며 참았으니 말이다. 도착해서 좀 더 큰 병원을 찾아 바로 응급실로 후송했더라면 맹장이 터져 복막염이 되어 힘든 수술은 안 했을 걸 생각하니 의사보다 내 자신이 한없이 바보스럽고 부아가 자꾸만 치민다.

그 이튿날 다른 병원에 가서 또 진단을 받아 보니 똑같이 일종의 위경련 같은 복통이란 답변이다. 그때까지만 해도 의사의 말만 맹목적으로 믿고 그래도 몸이 아파서 병이 난 지 나흘 만에 남원 의료원에 갔더니 단번에 의사 말이 맹장염이란다. 아마도 맹장이 터져버린 것 같다는 의사의 소견이다. 부랴부랴 복부 초음파를 하니 의사 말대로 너무 늦어서 맹장이 터져버려 복막염이 되었다고 한다. 어서 수술을 서둘러야 한다고 했다.

내 사실 칠십 평생 수술이나 입원 한번 안 해본 사람이다. 생각하니 부아도 나고 눈앞이 캄캄했다. 당일 오후 5시경이었던가? 내 몸은 마치 도살장에 끌려온 한 짐승처럼 수술대 위에 올랐다. 처음 본 수술실은 어두컴컴했다. 보기에 을씨년스럽다.

한 식경이 지났을까 마취에서 눈을 떠보니 하얀 가운을 입은 의사분들이 복막염 수술이 좀 어렵게 끝났다고 말한다. 맹장 수술 시기를 놓치면 급성 복막염으로 진행 수술하기가 많이 힘들다고 한다.

난 맹장 수술 기회를 놓치는 바람에 복막염 수술을 해야 했고, 맹장 수술은 간단해서 3일이면 족할 입원 기간을 일주일간이나 입원 치료 후 퇴원 집으로 돌아왔다. 그러나 내 병은 여기서 끝나지 않았다.

병원에서 퇴원한 후 채 5일이 지나지 않아 다시 하복부 복통이 심하여 다시 응급실로 직행 검사 결과 장 폐색증이라고 한다. 수술 후 장이 막혀서 음식물이 내려가지 않아 병이 생긴 것이다. 난 다시 5일간의 금식이란 고통 속에 병원 신세를 마치고 다시 집으로 돌아와 요양하고 있는 중이다.

병이 생겨서 처음 병원으로 찾아갔던 의사 두 분이 나의 병을 정확하게 진단하여 조치하였더라면 난 맹장이 터져 복막염 수술이라는 힘겨운 수술을 안 했을 터인데, 의사를 잘 못난 바람에 난 큰 고통을 받아야 했고, 그 결과는 너무나 가혹했다.

이제 다신 아프지 않았으면 하는 나의 간절한 소원이지만, 어둠의 신은 나에게 더 큰 병을 안겨주려고 하는가? 아무리 사람은 조석으로 화, 그리고 복이 있다고 하지만 올여름은 유난히도 내 몸이 여기저기 자꾸만 아프려고 한다. 어서 어둠의 터널이 지나갔으면 하고 간절한 소원의 기도를 하늘에 드려 본다.

2018. 8. 11.

어느 여름날의 단상(斷想) 2

-환자는 의사를 잘 만나야 산다

내가 역류성 식도염이란 병을 진단받아 약을 복용한 지도 어느새 올해로 꼭 3년이란 세월이 된다. 평소에 폭식과 밀가루 음식을 너무나 즐겨 먹었던 나였다. 그런 나의 식습관은 나중에 큰 병으로 돌아와 가뜩이나 허약한 나에게 큰 고통을 주었으니, 바로 역류성 식도염이란 위장병이다.

젊을 때 군대 시절에 대전 병참학교에서 혼자 보초를 서면서 그리도 먹고 싶었던 풀빵 한 뭉치를 개울타리 넘어 민간인들에게 사서 혼자 야금야금 다 먹어대었다. 그때는 그래도 피가 한창 끓은 젊을 때의 일이라고 하지만…….

나이가 들어서도 난 평소에 빵과 부침개 등 밀가루 음식을 너무나 자주 먹은 탓인가는 몰라도 2년 전부터 음식이 역류해오는 식도염이란 진단을 받아 그동안 위장약을 계속해서 복용하고 있는 실정이다.

그런데 잘 아는 바와 같이 약이란 반드시 순기능 작용이 있는 반면에 또 역기능이란 면이 있게 마련이라고 했다. 한쪽은 몸이 낫고 다른 한쪽은 부작용 등이 발생한다고 했던가? 어려서부터 자주 앓아오던 위장병이라서 그런지 약을 복용해도 잘 들질 않았다.

그러나 의사의 지시대로 약 2년여를 꾸준히 복용을 하니 속은 좀

버릴망정 몸이 아프지 않으니 살 것만 같다. 그런데 지난 4월 중순쯤이던가? 평소에 같으면 식도염약을 복용하면 뱃속이 편안해지는데, 이젠 가슴 통증이 생겨났다.

난 평소 자주 다니던 순천에 있는 한 병원을 찾아 요즘 나의 병의 증세를 의사에게 말하고 우선 심혈관 쪽에 문제가 있는 듯싶어 위내시경과 함께 심장 초음파나 심장 CT를 찍어 병명을 확인하고자 했다. 2내과 의사 선생님은 아마도 평소 내가 앓고 있는 역류성 식도염 때문에 가슴에 통증이 생긴 것 같다고 말하면서 환자의 요구대로 한번 찍어는 보자고 하면서 경비 부담 때문인지 말끝을 흐렸다.

결국 난 위내시경과 함께 동시에 난생처음으로 심장 CT 사진을 찍게 되었다. 나중에 영상물을 찬찬히 보던 의사는 심장이나 동맥혈관 등을 볼 때 나이에 비해 별 이상이 없다는 진단과 함께 역류성 식도염 탓으로 돌린다. 그러면서 두 달분의 식도염약 처방전을 준다.

환자로서는 의사의 말을 믿을 수밖에 없잖은가? 난 그런가 보다 하고 생각하고 지내는 가운데 가슴 통증이 점점 더 심해진 걸 느꼈다. 난 다시 다니던 병원에서 1내과 의사인 나의 주치의 선생님의 자세한 진찰을 받았다. 한 달 전에 같은 병원에서 찍어 두었던 위내시경과 심장 CT 사진을 꼼꼼히 살펴보던 의사는 암만도 심장혈관 쪽에 문제가 생긴 것 같다고 말하면서 우선 한 달 분의 약을 처방하여 준다.

난 암만해도 심장 방면에 밝은 전문병원을 수소문하여 광주에 있는 심장 전문병원으로 가기로 했다. 모든 병은 초기에 치료를 해야 하고 또 환자는 의사를 잘 만나야 한다는 확신을 얻었기에…….

지난 8월 초하룻날이던가?

광주에 있는 한 심장내과에 들러 의사와 진지하게 진료를 받은 결과, 내 증세를 듣던 의사는 암만해도 심장혈관 한두 군데가 막혀 협소해진 것 같다고 하면서 심장 조영술 검사를 권했다.

환자 대부분은 의사의 말에 무조건 믿고 순응하는 게 도리라고 했던가? 난 막대한 경비를 치르더라도 치료해서 나을 수만 있다면 뭐든 못하랴 싶어, 말로만 듣던 심장 조영술을 받기로 하고 잠시 후 수술대 위에 올랐다.

그러고 보니 올해 짧은 기간 동안 무려 난 두 번이나 수술대 위를 오르내리는 내 형편을 생각하니 오만가지 생각이 다 든다. 울컥 내 맘까지 침울해진다. 하얀 그리고 녹색 가운을 입은 의사분들이 내 몸에 달라붙어 오른팔 혈관을 통해 조영술이 시작되었고. 30여 분이 지난 후 '조영술' 시술이 무사히 마쳤다.

난 시술 장면을 다 보지도 않았고 다만 큰아들 상현이가 담당 의사와 함께 모니터를 보면서 함께 여러 가지 얘기하는 걸 들었는데 수술실을 나와 진료실에 들러 검사 결과를 보게 되었는데 예상대로 심장 아래 가느다란 혈관이 조금 막혀 통증이 발생한 것 같다고 말하면서 예방적으로 스텐트 한 개를 삽입했다고 했다.

앞으로 혈관 관리에 더 신경을 쓰라고 당부하면서 처방해드린 약

잘 먹고 한 달 뒤에 다시 오라고 한다. 난 3일간의 입원을 통해 또 한 가지 병이 늘어나 평생을 함께 가야 하는 슬픈 운명의 현실에 처하게 되었다. 우울증으로 장장 5년간이란 기나긴 싸움이 이제 막 끝났는데 그 무서운 병이 끝나기도 전에 난 또 다른 병이 생겨 험한 투병 생활을 해야 한다는 걸 생각하니 만감이 교차한다.

누군가는 우리의 생을 '초로인생'이라고 했던가? 아침에 풀잎에 잠시 돋는 이슬방울 같다고 말했다. 동녘에서 해가 오르면 금세 없어지는 너무나도 하찮은 존재 그동안 어릴 때부터 병으로 얼마나 힘들고 모진 세상살이를 살아온 나였는데 이제 겨우 살만하니 몸이 건강하긴 고사하고 날이 갈수록 이름도 생생한 무서운 병들 엄습해 오고 있으니 아무리 웃으려 애써도 맘이 착잡하기만 하다.

더욱이 협심증은 유전이라고 했던가? 큰아들 상현이가 협심증이란 병을 진단받고 2년째 약을 복용하고 있는 와중에 애비인 나까지 또 협심증이란 병이 생겨서 부자가 함께 평생 같은 약을 먹어야 하는 처지에 있다는 생각을 하니 세상살이가 너무 야속하다. 정녕 신은 나에게 너무나 감당하기 힘든 냉혹한 벌을 주려는가?

일찍이 러시아의 철학자 '푸시킨'이란 시인은 「언젠가는」이란 시에 설움의 나날을 참고 참노라면 나에게도 아름다운 날이 오리라고 말했는데 정녕 나에게도 언젠가는 더 좋은 날 더 행복한 아름다운 희망의 나날이 오리라 기대해 본다.

2018. 8. 11. 삼복더위

내 아내는 요양보호사

청명(淸明)이란 절기답게 오늘따라 하늘은 티 없이 맑고 참 깨끗하다.

아침햇살이 눈부시게 솟은 지 한참 잠시 창을 여니 저 멀리 구례 초입(初入)인 동해마을 앞을 휘감아 유유히 흐르는 오백여 리 섬진강의 고운 물빛 사이로 길게 동서로 이어지는 국도 19호선인 하동선이 까마득히 보인다.

봄의 전령사답게 스스로 찾아온 이 봄이 매화며 산수유며 노란 개나리꽃이 흐드러지게 피어 남녘에서부터 새봄을 알려 준 때가 엊그제 같더니만 화무십일홍(花無十日紅)이라고 했던가? 어느새 봄꽃들은 슬그머니 그 자취를 감추인 채 이젠 제철 만난 벚꽃들이 또 상춘객들의 눈을 사로잡는다. 동남풍이 살랑거릴 적마다 하얀 눈가루 천사들은 여기저기 사뿐사뿐 대지 위에 내려앉는다.

주말이라선지 저 멀리 보이는 하동선 도로 위로 늘어선 차량 행렬이 화개벚꽃을 구경하고자 떠나는 기다란 차량 행렬이 더디기만 하다. 그래도 간간이 스며든 섬진강 물 따라 불어오는 강바람이 그나마 답답한 차 안의 더운 갑갑한 마음을 작은 위안이라고나 될랑가도 싶다.

해마다 내 곁에 오가는 대자연 속에 혹독한 겨울이 가고 다시 만물이 소생하는 봄이 오가지만 분명한 게 있다면 한번 가버린 사람은 영영 다시 오질 않는다. 가슴에 영영 지울 수 없는 못내 그립고 뼈에 사무치게 보고 싶은 사람은 왜 다시 내 곁에 오질 않을까?

계절이 바뀌고 또 꽃이 피고 새잎이 돋아나면 지난날 내 곁을 떠났던 사람들이 다시 내 곁으로 찾아올 법도 하련만 인생무상(人生無常)이라고 했던가? 오늘 36년 전에 74세의 일기로 파란만장한 고달픈 세상을 사시다가 먼저 하늘나라로 가신 선친이 못내 보고 싶고 못내 그리움이다. 정녕 36년 전인 그날도 오늘처럼 벚꽃이며 진달래가 만발했던 때였으니, 생각하면 너무 그립고 살아생전에 자식을 끔찍하게 정을 주셨던 선친의 모습이 온통 사무치는 그리움이다.

아내가 요양보호사라는 자격을 취득 자원하여 노인요양병원에서 일을 하게 된 지도 상당한 세월이 지난 것 같다. 2008년 우리나라에 노인장기요양보험제도가 도입되면서 일정 기간 소정의 교육과정을 거쳐 자격증을 취득한 사람에게 병원에서 노인들의 일거수일투족을 감시하며 곁에서 도우미의 역할을 하는 사람이 바로 요양보호사이다.

아내는 40여 년 전 시집을 오기까지는 도시에서 살았던 처녀였다. 사람의 인연이란 참 알 수가 없다고 했던가? 그도 인연이라고 농촌에서 찌들어지게 가난하고 키 작고 얼굴 못생긴 나에게 22살이란 어린 나이에 시집을 와서 큰 고생을 하며 살아왔던 사람이다.

난 아내와 결혼을 한 그 이듬해던가 우연히 구례군청에 임시직원으로 근무를 하게 되어 임시직으로 3년여 기간 근무한 후 다시 정규직 시험에 합격하여 지방 행정공무원으로 채용되어 햇수로 꼭 27년을 근무하고 정년퇴임을 한 사람이다.

그동안 나의 몸은 공직이란 큰 굴레 속에 몸이 매여 날만 새고 나면 출근을 하는 바람에 조상으로부터 물려받은 상당수의 논, 밭의 힘겨운 일들은 대부분아내의 몫이 되어버렸다. 군청에 취직이 되면서 그 후 난 부모님으로부터 독립도 해볼 생각을 여러 차례 가졌으나 내 신분이 장남인 터에 더구나 연만하신 부모님을 버려두고 선뜩 떠난다는 게 쉽질 않아서 이도 저도 못 하고 눌러앉아 부모님과 함께 지내다 보니 그동안 아내의 고통이란 이루 형용할 수가 없었다.

세상사 인간사 모든 일들은 다 정한 때가 있다고 했던가? 선친께서 허리 아픈 병으로 1년여 고생하시다가 향년 74세의 일기로 돌아가시더니만 어머님 또한 2000년 어느 여름이었던가. 갑자기 중풍으로 그만 쓰러져 사지가 마비되고 혀가 굳어 밥도 드시지 못한 반신불수의 몸으로 큰 고생을 하시다가 2003년 봄 83세의 나이로 돌아가시기까지 무려 3년 반 동안이나 아내는 곁에서 어머니의 수족이 되어 대소변을 받아내야만 했다.

당시만 해도 요즘처럼 요양원이 없었던 터라 부모님이라도 아플 적이면 곁에서 모시고 있는 자식의 몫이었다. 부모님은 슬하에 여섯 명의 자녀가 있었지만, 동생들은 다 도시에 살고 있어 모실 수 있는 처지가 못 되었고 그때만 해도 장남이 부모를 모셔야 한다는 추세인지라 와병 기간을 내내 아내가 다 수발을 했으니 오랜 시간이 지난 지금도 생각하면 정말 아내에게 미안하고 앞으로 더 아껴주고 사랑해주고 싶은 맘이 더 든다.

언젠가 난 아내에게 내가 나중에 어떻게든 큰 보상은 아니더라도 살아가면서 어떤 보상으로든지 절반의 보상은 꼭 해 주겠다고 약속한 적이 있었는데 난 지금도 그 약속을 지키려고 나름대로 애를 쓰고 있다.

난 어머님이 돌아가시자 맨 먼저 힘든 농사일을 아내에게서 떼어내고자 그동안 지어오던 농토를 대부분 남에게 임대하고 겨우 우리 식구들의 생계용 식량 정도의 농사만 짓기로 했다. 그리고 아내에게 농사가 아닌 하고 싶은 일자리를 두루 구하던 중 어느 지인이 '요양보호사'라는 직업을 권해주기에 그 일을 한 게 어느새 올해로 꼭 10여 년이 되어간다.

우리 집안은 대대로 우상을 하늘같이 섬기던 집안이다. 독실한 유교 사상을 바탕으로 어려서부터 몸에 밴 집안이기 때문에 조상을 잘 섬겨야 집안이 잘 된다는 선친들의 유훈(遺訓)을 수도 없이 들었던 터라 난 상급학교를 포기하고 겨우 초등학교를 졸업, 조상 잘 모시는 일에 온 열정과 성의를 다하게 된다.

또 선친께서는 우리 집은 종갓집인 까닭에 저 장롱 안에 수북이 쌓여있는 조상의 인적 사항을 적은 보첩들을 하나하나 읽혀야 한다면서 상급학교 진학을 포기한 채 한문 서당에서 한학 공부를 시켰다.

그런 까닭에 난 나이 이십 대에 들어 박씨 종중에서 유식한 어른들과 어깨를 나란히 하며 영동으로 옥천으로 순천 등지로 시제라도 있는 날이면 어디든지 쫓아 다니며 조상숭배 하는 일에 매진했다. 그러나 그런 나에게도 성경에서 말한 우상의 가정에서 믿음의 조상으로 탈바꿈한 아브라함처럼 나에게도 주님이 부르셨으니…….

내 나이 이제 막 서른 살이 되던 해던가 갑자기 잠을 자다가 가위
가 눌려 숨 막혀 죽을 뻔한 일이 있었다. 발작성 심장병이 찾아와 의
학으론 고치지 못할 큰 병을 예수 믿고 구원받아 지금은 다른 삶을 살
고 있으니 난 정녕 택자구원(擇者救援)의 사람이 아닐까?

난 서른 살에 결혼을 하였는데 그 이듬해인 서른한 살 적 여름에
별 이유도 모른 채 신경쇠약 우울증이란 독한 병을 만나 당시의 의학
으론 도저히 고칠 수 없는 중한 병에 걸려 백방으로 약을 쓰고 귀신
이 들렸다 하여 이름 있는 점쟁이들은 다 불러 큰 굿을 하는 등 별짓
을 다 해보았지만, 많은 돈만 낭비하고 몸은 만신창이가 되어버려 죽
게 되었다. 그러다 서울에 작은어머님의 권유로 교회를 나가게 되어
그때부터 난 독실한 기독교 신자가 된다.

우리 부부는 기독교 신자로서 아니 하나님의 자녀로서 이젠 주님
의 일을 해야 한다는 생각에 아내에게 우리가 이제 남은 생명이 얼마
나 될는지는 알 수 없으나 어려운 이웃들 특히 세상에서 버림받고 가
난하고 헐벗고 몸이 아파 병원에서 고통을 당하고 있는 불쌍한 사람
들을 위해 조금이나마 힘이 되어주자는 취지로 '요양보호사'라는 직
업을 택하여 오늘에 이르고 있다.

그런데 요양보호사라는 직업 아무나 할 일이 못 된다고 말들을 한
다. 곁에서 아내의 말을 종종 들으면 팔다리가 굳어져 거동이 불편하
신 분들은 24시간 내내 곁에서 수족이 되어야 하고 또 대·소변을 수

시로 받아내야 하는 등 일거수일투족을 아픈 분들 곁에서 꼬박 밤을 새며 지키고, 매달려야만 하는 어려운 일로 일이 점점 더 힘들어지고 더구나 날로 급증하고 있는 치매 환자분들을 보호하기란 더더욱 힘이 많이 든다고 한다.

특히 가장 문제가 된 것은 요양보호사란 직업의 특성상 격일제로 24시간을 근무하는 바람에 근무라도 하는 날이면 밤에 전혀 잠을 못 자는 터라 건강이 염려된다. 언젠가부터 자녀들은 이제 엄마 일 그만 두라고 날마다 성화이다. 나 역시 암만 생각해도 이제 아내에게 일을 그만두게 해야 할 듯싶다.

행여 아내가 몸이라도 아파 자리에 눕게라도 된다면 그 대가는 너무나도 잔혹할 것이기에, 또 아내는 내 인생 여정의 한 축을 담당하는 너무나도 소중하고 꼭 필요한 수레바퀴이며 귀한 존재이기에…….

　2018. 4. 5. 초봄에.

초가가 그립다

지난해 여름은 참 무던히도 더웠던 해로 기억되는데 올여름은 더
덥게만 느껴지는 것은 나만의 생각일까? 삼복더위가 엊그제 지나갔
는데도 성난 더위는 좀처럼 식을 줄을 모른다. 기상대에선 지난 1994
년 여름이 가장 더웠던 해로 기록이 되었는데 올핸 일찌감치 그 기록
을 깨었다고 한다.

경상도 대구지방을 중심으로 수은주가 연일 40도를 오르내리는 무
더위는 그야말로 가히 살인적 더위임에 틀림이 없다. 어디 대구지방
뿐인가. 한여름에도 아름다운 바다가 있어 서늘하기로 유명한 강원도
지방에도 39도를 오르내리고 있다고 하니 할 말이 없다.

설상가상으로 난 올해 여름은 그야말로 내 인생행로에 있어서 잊
지 못할 여름으로 기억이 되었으니 나의 인생 70세에 세 차례의 입원
과 두 번이나 되는 수술은 큰 고행으로 그리고 깊은 상처로 기록되었
다. 더구나 올해처럼 더운 여름날에 병원 생활이란 더 큰 고통으로 이
어졌다.

난 젊었을 때부터 유독 여름을 많이 타는 체질을 가진 사람이다.
그래서 여름만 돌아오면 더위를 견뎌내느라 큰 고역이다. 남들은 추
운 겨울이 싫다고 말들을 하지만 난 그와 정반대인 사람이다. 차라리
추운 겨울보다 여름이 더 싫다.

구례라는 고을은 지리적 여건상 앞에는 섬진강이 동서로 길게 흐르고 뒤편에는 큰 산인 지리산이 우뚝 서 있다. 그래서 여름이면 강따라 불어오는 동녘 바람이 있어 시원하고 겨울엔 지리산이 북풍을 막아주어 겨울을 따스하게 보낼 수가 있어 좋다.

그런데 언젠가부터 말쟁이들 말인가는 몰라도 광양제철이란 큰 공장이 들어서면서 그 뜨거운 열기가 지리산에 가로막혀 빠져나가질 못해 지역이 더 덥다고 한다. 어쩜 그 말이 맞는가도 싶어질 만큼이나 여름이 전보다 더운 것은 사실이다.

내가 살고 있는 집은 40년 전에 지어진 집으로 70년대 한창 새마을 사업을 하면서 초가를 걷어내고 슬레이트 지붕으로 이었고 그로부터 20여 년 후엔 철근 콘크리트 양옥집으로 지붕 구조가 바뀌었다. 양옥집은 넓은 옥상이 있어 보기 좋지만 하루 내 뜨거운 열기를 받아 밤이 되면 하루 내 받은 열기로 온 집안이 찜질방으로 변해 버린다.

해마다 여름이면 반복되는 더위를 조금이나마 줄여보고자 지난 8월 초 옥상에 해 가리개용 함석으로 한 꺼풀 입혀버렸다. 그러고 나니 집안에 열기가 많이 내려갔다. 진작에 공사를 할 걸 하고 조금은 후회스럽기도 했다.

그런데 좋은 양옥집에 시원한 에어컨이 있어 제아무리 혹독한 여름도 시원하고 편히 지낼 수가 있는 집안이라지만 바닥에 틈새가 있는 대청마루가 있고, 가느다란 대나무 부챗살이 있는 손부채를 손에

들고 자연 바람을 일으켜 더위를 식혔던 옛 정경들이 보고 싶고 볏짚
으로 이은 옛 초가가 못내 그립던 그 시절이 생각나는 것은 나의 무슨
심보일까?

옛말에 '과거지사 여명경(過去之事 如明鏡)'이라고 했던가? '지나간 일
은 밝은 거울과도 같다'라는 말이다. 가을이면 볏짚으로 날개를 엮어
지붕을 이었는데 필자도 어린 시절에 선친(先親) 곁에서 날개를 엮는
일을 배웠고 함께 지붕을 이었던 기억이 생각난다.

촘촘히 엮어서 볏짚으로 만든 날개는 낡고 빛바랜 헌 지붕을 걷어
내고 다시 새 옷으로 단장을 하는 날이면 어찌 그리도 보기 좋고 은은
한 정취가 묻어나는지, 50여 년의 긴 풍상이 지나갔지만 지금도 그 시
절에 있었던 그 모습은 못내 정겹고 비록 힘들고 고달픈 한 시대였지
만 무척이나 아쉬운 그리움으로 남는다.

나는 조부님을 알지 못하고 자란 사람이지만 선친들의 말씀을 들
으면 조부님께서는 날개를 남보다 손 빠르게 잘 엮어 초가지붕 이은
작업을 남들보다 잘하셨던 분으로 동네에 소문이 나서 해마다 가을에
지붕을 이는 때가 되면 이집 저집 수많은 집을 돌아다니시며 힘들게
이어주러 다니셨다고 했다.

옛날 내가 살았던 초가는 구조가 오늘날처럼 꽉 막힌 방들이 아니
라 햇볕이 잘 들고 바람이 잘 통하도록 환하고 밝은 모양으로 되어있
다. 그래서 가두고 가리기에 급급한 요즘 같은 방이 아니라 습기를 잘
막고 바람이 시원하게 드나들도록 만들었다. 그래서 여름은 시원하고

겨울은 따뜻했다.

오늘처럼 후덥지근한 날씨에 하루 종일 더위에 시달리다 보면 동서로 길게 이어진 대청마루에 앉아 마루 틈새로 스며드는 바람이 있어 좋았고, 또 한가로이 부채질해대며 마당 한가운데 풀잎으로 만든 모깃불 연기가 모락모락 피어올라 모기란 놈이 얼씬도 못 하게 저 멀리 쫓곤 했던 그 시절, 그 정경이 너무 부럽다.

또 달이라도 휘영청 밝은 여름밤이면 불빛을 찾아 여치나 하늘소가 찾아들던 시골집은 생각만 해도 삶이 여유롭고 정겹다. 해가 넘어가는 석양 무렵엔 참새 지저귀는 소리 하며, 새벽녘이면 닭 울음으로 새 아침을 알리고 했던 옛집의 싱그러움은 현대를 살아가고 있는 생활에서 그 어떤 기기로도 따라올 순 없다.

혹독한 여름이 지나 가을이 되면 새하얀 한지를 바른 방문으로 댓잎 그림자가 어른거리고 확 트인 대청마루로 뒷산의 가을바람이 엉겁결에 찾아와 벽오동 잎 새 한 움큼 뿌려주며 지나간 자리에 가만히 서 있으면 모두가 한편 추억의 소야곡이다.

거북이등처럼 생긴 초가는 집 구조가 여름철 더위 나기도 그만이지만 가을이면 더 정겨운 풍경들이 연출 된다. 토담으로 쌓아 올린 뒷마당 한 모퉁이에 이른 봄에 심어놓은 박 넝쿨은 제철이라도 만난 듯 온 지붕을 타고 다니며 축구공만큼이나 큰 박 덩이를 듬성듬성 얹어놓는다.

그 박을 반으로 나누어 속에 들어있는 하얀 박나물은 어찌 그리도 맛이 있던지 지금이 제아무리 음식문화가 미식으로 변한 세상이라지만 그 어떤 나물도 그를 따라올 수는 없을 것이다. 난 어린 시절에 어머님이 해 주시던 그 박나물 무침을 영영 잊을 수가 없다.

어다 그뿐이랴! 소나기라도 시원하게 내리는 날이면 초가지붕 아래 처마 밑으로 단 한 치의 어김도 없이 점점이 떨어지는 낙숫물 소리 하며, 여름밤이면 삼베옷을 만들기 위해 울 할머니 주름으로 갈라진 무릎에선 삼나무 껍질들이 잘게 쪼개지는 소리가 밤새 들리고 쪼그라든 할머니 무릎에 누워 난 어느새 스르르 잠들곤 했다.

그런데 언젠가 사골에도 무분별한 농약 살포와 급속도로 산업화, 도시화가 되는 바람을 타고 자연환경은 오염으로 가득하여 서서히 파괴되어 버렸고 풀숲은 대부분 개발이라는 명목으로 저만치 사라진 지 오래다.

마을 앞을 한참 지나 저 멀리 보이는 섬진강은 바닥이 훤히 들여다보이는 수정처럼 맑은 물이었다. 그 시절 흐르는 강물을 목이라도 마르는 날이면 두 손으로 바가지 삼아 쥐어 마시던 시절이 있었는데…….

언젠가 가보니 강바닥은 온갖 쓰레기로 가득 찬 두꺼운 퇴적층으로 변해 버렸다. 비록 삶이 조금은 고달팠던 그 시절이었지만 양쪽으로 확 트인 대청마루에 앉아 한가로이 부채질하며 더위를 이겨내던 밤, 어디선가 날아와 주위를 맴돌며 아름다운 하모니를 들려주던 매미 하며, 밤하늘에 실오라기만큼이나 가느다란 유성처럼 날아다니며 금빛으로 불 밝혀주던 반딧불들은 다 어디로 사라져 버렸을까?

　생각하면 못내 그립고 아쉬운 내 젊은 시절들, 옛날에 그 초가가 너무 그립다. 오랜 세월이 지나갔어도 해마다 더운 이맘때이면 애타도록 보고 싶고 아기자기한 옛 추억들만이 한편의 영화필름처럼 내 머리에 스쳐 지나간다.

　2018. 8. 20. 여름밤에.

혼불 문학관을 찾아서

차창 밖으로 저만치 바라다보이는 들녘은 이제 막 가을걷이가 끝난 뒤끝이라선지 들녘은 텅 비어있다. 엊그제까지만 해도 오곡백과가 넘실대는 풍요로움이 마치나 만삭의 불룩한 여인네 배처럼 보이더니만 빠르게 지나가는 주야의 반복 사시의 변화 속에 모든 것을 이제 내년을 기약하고선 이 가을은 저만치 달아나고 있다.

하기야 찬 이슬이 내린다고 하는 한로(寒露) 그리고 겨울에 들어선다고 하는 입동(立冬)이 지나 소설(小雪)이 내일모레이니 절기도 숨 가쁘게 자주도 변환하며 내 얼굴에 둥그런 나이테를 잘도 그리며 지나가고 있다.

여기 구례에서 남원으로 가는 길은 두 갈래 길로 순천-완주 간 고속도로로 가는 방법, 그리고 예전의 길인 산동 밤재를 지나 국도로 가는 길, 두 가지로 가는 방법이 있다.

아내는 지금 요양보호사로 격일제로 근무를 하는 바람에 언젠가부터 나와 한 지붕 밑에 살면서도 2~3일 함께 오붓하게 하는 시간을 내기란 참 어렵다. 언젠가 아내는 에이 참 올가을이 금세 다 가버리는데, 올해는 유난히도 곱게 단풍이 물들었다고 하는 저 피아골에 단풍구경 한번 못 가보고 말겠네 하고 나한테 조금은 불평스러운 말투로 푸념한다.

난 "아이구, 그래. 당신이 어려서 피아골에 살면서 그리도 보아왔던 단풍들이었는데 지리산자락에 살면서도 뭐가 그리도 미련이 남아 단풍이 그리도 보고 싶어?"라고 물으니 아내는 "그래도 요즘 들어선 뭐 하느라고 바쁜지 둘이 한가하게 단풍 구경 한 번도 못 가본다."라고 혼잣말처럼 중얼거린다. 가만히 생각해보니 어느 정도 이해가 된다. 사실 둘이 오붓하게 하는 시간이 별로 없었던 게 사실이었으니 말이다.

그래서 난 며칠 전부터 아내에게 연가를 하루 내서 익산에 사는 작은 아들 녀석집, 그리고 김제에 살고 있는 처제의 집을 한번 둘러오자고 약속을 했다. 오늘이 그날이다. 가는 길에 또 남원에 있는 '혼불 문학관'을 잠시 들러서 가기로 했다.

언젠가부터 해마다 오가는 대자연의 법칙이 점점 변해가는 걸 느껴본다. 아직은 단풍이 한창인데 설악산 대청봉에는 제법 많은 눈이 내렸다고 한다. 여름은 지나치게 빨리 오는가 하면 너무 늦게 떠나고 그와 반면에 가을은 너무 늦게 오고, 너무 빨리 떠난다. 이렇다간 우리나라에도 봄과 가을이 없어질 날도 머잖은 것 같다.

난 때론 머리가 복잡하고 우울할 때이면 남원에 있는 '혼불 문학관'을 종종 들러보곤 한다. 지리적으로도 가까운 면도 있지만 문학을 하는 한 사람으로서 언젠가부터 『혼불』이라는 소설이 한 시대를 살아간 여인네들의 삶을 단 한 줄이라도 속임 없이 그려내는 실상들이 내 맘 깊숙이 와닿았기에 '최명희' 그녀는 비록 51살이라는 짧은 생애를 살다가 간 여인이었다. 지병인 난소암으로 죽음을 앞두고 태연하게

"이 아름다운 세상 잘 살다 간다."라고 하는 남다른 유언을 남기고 세상을 떠난 그녀는 죽음 앞에서 초연한 모습을 엿볼 수가 있다.

구례에서 남원은 지척의 거리이다. 자동차로 30분이면 족하다. 내 나이 젊었을 때 그러니까 1980년대만 해도 구례에서 남원까지는 불과 34㎞ 팔십여 리 길이지만 포장이 안 된 자갈길에다 또 밤재라는 큰 고개가 있어 그 구불구불 고갯길 경사진 도로를 버스는 거북이걸음으로 다닌 탓에 꼬박 한 시간 반을 가야 했던 시절도 있었다.

나의 외갓집이 있는 남원이란 고을은 이름만 들어도 정겹고 왠지 맘까지 흐뭇해진다. 이십여 년 전 외삼촌이 살아계실 때만 해도 어려서부터 남원이란 고장은 자주 가곤 했기에 더더욱 좋게만 느껴진다.

자동차로 30여 분 달리니 남원 사매면으로 진입하는 이정표가 보이고 이어 사매 로터리를 지나 조금 가니 서도라는 간이역이 보이고 조금 더 가니 혼불 문학관 초입으로 들어서게 된다. 자동차는 구례를 떠난 지 꼭 40여 분 만에 '혼불 문학관'에 도착했다.

『혼불』이라는 소설의 줄거리를 들여다보면 활동무대의 배경이 1930년대 일제 강점기시대 남원 사매라는 고장에 매안 이씨(埋安 李氏) 종부(宗婦) 3대가 이 소설 속의 이야기로 큰 축을 이루어 가면서 제5부 전 10권으로 나눠 엮어 가고 있다.

청상(靑孀)의 몸으로 다 기울어져 가는 이씨(二氏) 집안을 힘겹게 일으켜 세운 청암부인. 그리고 허약하고 무책임한 종손 강모를 낳은 율

촌댁. 그 종손과 결혼을 한 효원이 등 주변사람들이 무대의 주인공들이다. 이들이 전통사회 양반가로서 부덕을 지켜내는 보루로 서 있었다면 그 반대편엔 치열한 생을 부지하는 하층민의 거멍골 사람들이 있었다. 특히 당시 양반 계층을 향해 서슴없이 대거리하는 옹구 네와 춘복이. 당골네인 백단이가 긴장감을 유발시킨다.

이 소설은 일제 강점기시대 중반쯤인 1930연대에 남원 사매라는 고장에서 실제 있었던 일로 매안이씨 종부인 청암부인 주변의 여러 인물을 대상으로 한 시대의 전통문화와 민속 관념을 치밀하고도 폭넓게 그려내고 있다.

또 여기 구현된 민족문화의 면모는 그 어느 민족지에 기술된 내용보다 더 정확하고 다채로움을 엿 볼 수가 있다. 그래서 나도 모르게 『혼불』에 빠져드는 문학 고유의 예술성과 아름다움을 탐색하는 일이 될 것으로 생각해본다.

문학관의 드넓은 뜨락에도 노란 단풍이며 붉은 단풍잎들 그리고 노란 은행잎, 떡갈나무 잎들이 봄이 오기가 무섭게 새싹 틔우며 여름내내 무성한 가지와 잎들로 울창한 숲을 이루더니만 어느새 나무 아래 수북하게 쌓인다.

가을 해는 빨리 진다고 하는데, 암만도 저 어둠이 오기 전에 난 이제 그만 가야할 시간이다. 저 먼 산에 보이는 가을이 어느새 숨 가쁘게 내 곁을 떠나가고 있다. 이제 다시는 돌이킬 수 조자 없는 이 가을이 정녕 내 눈앞에서 사라져 간다. 난 이 가을의 햇빛과 느근함을 조금은 더 누리고 싶은데…….

2018. 11. 20. 깊어져 가는 어느 가을날.

행복(幸福) 찾기

사람이 일생을 살아가는 데 가장 중요한 게 있다면 그것은 아마도 '무병장수, 건강하고 행복하게 사는 것'이라고 하나같이 말할 것이다. 우리가 이 세상에 산다는 것은 무엇일까? 부모님 뱃속을 잠시 빌려 태어날 때는 벌거숭이로 울면서 태어나 저마다 주어진 여건과 환경 속에 살다가 종국에는 모두가 빈손으로 돌아가는 존재이다.

일찍이 성경에서는 우리의 연수가 칠십이요, 강건하면 팔십이라고 말하고 있는데 이젠 그 말씀도 아마 정정해야 할까 보다. 팔십이 아니라 백 세를 사는 사람들이 날로 늘어나는 추세라고 하니 말이다. 백 세까지 팔팔하게 살다가 사나흘 고생 끝에 저세상으로 돌아가는 '삶', 이런 인생의 종말이야말로 우리 모두 바라는 가장 이상적인 삶이 아닐까 싶다.

그렇다면 우리 인간의 가장 이상적인 행복은 무엇이며 어디에 있을까?
이숭녕 박사가 쓴 국어사전을 보니까 행복이란 '좋은 운수, 심신욕구가 충족되어 만족감을 느끼는 정신상태'라고 정의하고 있다.

그런데 오늘날, 이 땅에 사는 모든 사람에게 지금, 이 시각 당신의 삶은 행복합니까? 라고 묻는다면 과연 얼마나 많은 사람이 행복하다고 자신 있게 말을 할 수 있을까?

생존경쟁이 극심한 세상에서 날만 새고 나면 각종 사건 사고가 대문짝만하게 온 지면을 도배하고 또 범죄는 갈수록 흉포화, 다양화로 인간의 탈을 쓰고 어찌 저럴 수가 있을까? 생각하기 끔찍한 장면들이 얼마나 많은가?

우린 이런 무서운 세상에 살면서도 대한민국이란 수레바퀴는 빠른 세월 속에 잘도 굴러간다. 가는 세월 오는 세월 속에 우리 인생을 가장 힘들고 지치게 하는 것이 무엇일까? 가난, 질병, 실패, 이별, 죽음 등 세어 보니 많다. 그러나 이런 것보다 더 힘든 것이 있다면 '염려'라고 생각한다.

가난에 대한 염려, 죽음에 대한 염려, 일이나 사업 성공과 실패에 대한 염려, 내일 일이나 미래에 대한 염려, 자녀의 공부나 진학 취업에 대한 염려 등이 오늘을 살고 있는 사람들을 더욱 힘들게 한다.

성경에서는 하나님이 만드신 피조물 가운데 '염려'로 인하여 고통스러워하는 피조물은 단 하나 인간밖에 없을 것이다. 사람은 생각하고 미래를 대비할 수 있는 능력을 갖추고 있기에 그래서 인간은 만물의 영장이 되었지만, 그 축복에는 '염려'라고 하는 그림자가 있습니다. 다른 동물과 달리 인간은 일어나지 않은 일 때문에 미리 앞당겨서 염려한다.

동물들은 배부르면 만족하지만, 인간은 그러하질 못하다. 종교개혁자 "루터"는 참새에 대한 설교를 많이 했다고 한다. 하루 먹을 것만 있으면 만족할 줄 아는 참새와는 달리 몇달치 먹을 양식을 쌓아놓고도 염려하는 인간의 불신앙을 비교하며 꼬집은 말이다.

사실 우리가 염려하는 것 들 중에는 결코 일어나지 않을 일들이 많이 있다.

『느리게 사는 즐거움』이란 책에서 어니 j 젤린스키는 우리가 염려하는 것들에 대하여 다음과 같이 분석한 바 있는데 우리가 하는 걱정거리의 40%는 절대 일어나지 않을 사건들에 대한 것이라고 한다. 그리고 30%는 이미 일어난 사건들에 대한 염려라고 한다.

또 22%는 사소한 사건들에 대한 염려인데 이것들은 염려한다고 해서 내가 어떻게 할수 없는 것들이라고 했다. 결국 나머지 4%만이 우리가 염려해도 되는 진짜 염려거리라고 한다. 그렇다면 96%의 걱정은 쓸데없는 것이라고 저자는 말하고 있다.

필자는 지나간 작년 한 해는 참 힘들었던 해였다. 아무리 건강하고 행복하게 살고 싶지만 세상사 인간사 어디 그리 쉽게 되지 않은 내 작은 삶을 본다.

6월 하순 맹장이 터 복막염 수술로 장폐색으로 두 번이나 입원을 했고, 8월 초순에는 협심증이 생겨 혈관 조영술을 거쳐 스탠드 삽입술을 해서 심장병이 잠잠한가 했더니만, 12월 하순쯤엔 수영장에서 갑자기 부동맥이 찾아와 또 병원신세를 지고 입원 치료 후 매달 통원 진료 중이다.

어디 그뿐이랴 아내마저 지난해 11월 십이지장 쪽에 천공이 생겨 대학병원에서 보름여 동안 입원 치료 후 지금은 정상을 되찾아 지내고 있다. 해마다 새해가 되면 올해는 좀 더 건강하고 행복하게 살고픈 맘은 우리 모두의 바람이고 소원이지만 세상사가 어디 맘과 뜻대로만 되는가 말이다.

사람이 세상에 산다는 것이 정녕 무엇일까? 내 주위를 찬찬히 살펴보노라면 몸이 건강하여 잘 지내는 사람도 있는 반면, 더러는 오늘 이 시간에도 몸이 아픈 사람들로 병원은 초만원이고 약국은 의사가 처방해준 하얀 종이쪽지를 들고 약국을 드나드는 환자들로 가득하다.

그런 가운데 이젠 염려라는 병까지 찾아와 맘을 사로잡는다. 마음속에 생겨나는 염려를 의지 하나만으로 누르기는 쉽지 않다고 했던가? 그것은 정녕 사람은 감정의 동물이라서 그런지 아무리 모든 염려 다 떨쳐버리려고 해도 아니 모든 염려 주께 다 맡겨버리고 염려하지 말라는 성경의 가르침으로 살아보고 싶었지만, 그 맘은 잠시뿐, 때론 몸이라도 심하게 아픔이라도 찾아올 때면 왜 나만 겪는 고난이냐고 나도 모르게 항변하는 내 모습을 보면 난 정녕 너무나 소심하고 말만 앞세운 채 실천은 못 하는 사람인가보다.

올해도 설날은 어김없이 찾아왔다. 해마다 오가는 설날이지만, 올해 설은 왠지 나도 모르게 침울하기만 하다. 작년에 거듭된 큰 병으로 몸 상태가 예전처럼 건강치 못하니 말이다. 그러나 분명한 것은 이젠 내 나이 칠십이 지났는데 이젠 병을 생각하기보단 매일 매일 삶의 질을 부정적인 생각에서 긍정적인 생각으로 바꾸어 살고자 한다.

진짜 이젠 아무것도 염려하지 말고 그저 그러려니 하고 자연의 섭리에 순응하는 초연한 맘으로 살아보고자 한다. 누군가는 모든 병은 맘에서 나고 맘으로 낫는다고 했던가?

　　오늘따라 정월 초하루 햇살이 참 포근하고 따스하다. 어제가 입춘(立春)이 라고 했던가? 이제 2월이 지나고 나면 대지 위엔 산빛 고운 3월이 저절로 찾아와 오만가지 봄꽃들이 시샘하며 내 곁에 찾아와 봄의 향연 펼쳐지리라.
　　아~ 세월의 무상(無常) 함이여!

　　2019. 2. 5. 설날 씀.

여름이 오는 길목에서

섬진강 물길 따라 구불구불한 하동선 도로 곁엔 가지런히 서 있는 벚나무에도 여름은 온다. 봄내 흐드러지게 피었던 꽃들은 언제 어디로 다 가버리고 이젠 그 나뭇가지마다 신록의 계절을 맞아 푸른 잎으로 갈아입었다.

천년만년이나 고운 모습 그대로 우리에게 보여줄 줄 알았는데, 누군가 '화무십일홍(花無十日紅)'이라고 했던가? 벚꽃은 그렇게 우리 곁을 훌쩍 떠나 버리고 말았다.

그 벚꽃들이 사라지고 한참 지나 여름의 초입에 들어서니 이젠 언덕배기에선 이팝나무들이 군데군데 꽃망울을 터트리며 답답한 맘을 풍요롭게 한다. 이팝나무라고 하는 나무는 두 가지 유래로 전해진다고 하는데 그 하나는 여름이 다가옴을 알리는 입하(立夏) 무렵에 꽃이 피는 나무 입하목이 변하여 붙인 이름이고 또 하나는 이밥나무에서 변해 이팝나무로 불렸다고 한다.

이팝나무는 꽃송이가 밥사발에 수북이 담긴 흰 쌀밥처럼 보인다. 그러고 보니 이팝나무꽃은 공교롭게도 춘궁기 무렵에 핀다. 지난 60년대를 살았던 사람들은 춘궁기를 많이 겪으며 살았는데 그때 그 시절만 해도 쌀이 귀한 시절이라 이팝나무는 정녕 배고파 허덕이면서 살았던 대다수 서민의 눈요기로라도 배고픔을 위안해 주고파 피었을까 생각하니 맘이 쓸쓸하다.

대자연의 섭리란 해마다 단 한 치의 어김도 없이 내 곁을 오간다. 수필가 피천득은 5월의 신록을 두고 금방 찬물로 세수를 한 청순한 여인의 얼굴이라고도 했던가?

언젠가 구례문학에서 회원들이 봄을 맞아 저 남해 방향으로 문학기행을 가는 길에 구부러진 비단길 바닷가 한 곳 언덕배기에 온통 이팝나무로 가득 찬 꽃들을 바라보고 마치 수북이 담긴 쌀밥 그릇 같다고 하면서 여성회원들의 감탄을 자아내던 모습이 지금도 생생하다. 바라만 봐도 배가 부른 나무, 보고 있는 것만으로도 배가 부르며 풍요롭기만 하다.

행복이란 무엇일까? 국어사전에 보니까 행복이란 좋은 운수, 심신 욕구가 충족되어 만족감을 느끼는 정신 상태라고 정의하고 있다. 그러나 우리가 세상을 살아가면서 모두가 행복하지만은 않은성싶다. 대자연은 해마다 나의 곁에 찾아와 고운 향기며, 편히 숨쉴 수 있는 공기며 햇살을 주어 우리가 행복하게 살아가도록 값없이 주고 있지만 사람들은 저마다 인생 여정이 다른 걸 본다.

세상살이가 꼭 바다와 같다고나 할까? 어느 때는 험한 비바람과 폭풍이 몰아닥쳐 금세 험한 파도로 변해 무서울 때가 있는가 하면 어느 때는 잔잔한 바다로 변하는 모습을 볼 때이면 우린 대자연의 섭리 속에서 살아가고 있는 한 생명에 불과한 모습을 본다.

지난 초봄이었던가. 아직은 찬 겨울이 눈 흘기며 오락가락하던 날,

마을 옆 시냇가를 걸어가는데 아직 채 봄이 이르기 전인데 개울가 바위 틈새로 비스듬히 자라난 연한 버드나무 잎새가 물 위를 스치며 만지작거리는 모습은 이제 갓 태어난 갓난아이처럼 귀엽기만 하다.

버들잎은 봄 내음이 들릴 적이면 가장 먼저 움이 튼 걸 볼 수가 있다. 버들강아지에서 갓 피어난 촉새는 어린아이 고사리손처럼 귀엽기만 하다. 그런 봄도 여름이 오가는 속에서 내년을 기약한 채 홀쩍 떠나버렸다.

봄은 꽃피는 계절이라면 여름은 온통 초록길이다. 초록길 들판을 걸으며 말없이 오가는 자연의 섭리를 생각하며 내 인생을 잠시 명상에 잠겨본다. 70년 가지가지 굴곡진 내 인생길 더듬어 보니 만감이 교차한다.

봄날보다 짧은 인생의 입장에서 보자면 무성하게 자라난 나무는 가만히 바라보는 것만으로도 마음이 든든해진 걸 본다. 난 언젠가부터 지리산 자락 오솔길을 자주 오르내린다.

물론 등산 운동이지만 짙은 초록숲길을 지나가며 나와 함께 숨 쉬는 오만가지 나무들을 보면 내 머리가 저절로 맑아진 걸 느낀다. 산길 따라 노고단에서 흘러내리는 계곡물 소리를 들으며 물과 나무가 어우러진 길은 참 보기만 해도 즐겁다.

이제 또 조금만 지나고 나면 흐느적거린 가을바람에 정녕 이 길도 떡갈잎 갈색으로 물들어버리고 나면 가을이 또 서서히 다가오리라.

2019. 9.

화당(和堂) 정기석 선생님에 대한 소고(小考)

화당(和堂) 정기석 선생님(1923. 9.~2007. 5.)은 우리군 용방면 신도리 378번지에서 태어나신 분으로, 1940년 일본 복강현립(福岡縣立) 중학교를 졸업하셨고, 1949년에는 서울대학교를 졸업하신 분으로, 학자이시면서도 우리 고을이 낳은 큰 시인이시다. 무려 십여 편이리라는 시집을 출간하여 당시 시계에 큰 관심을 불러일으킨 당시 시의 거장(巨長)이시다.

특히 그분은 근검절약 정신하며 청백리가 온몸에 배인 사상을 가지신 분으로, 박봉에도 틈틈이 모은 돈으로 다른 사람들 같았으면 가진 돈을 자녀들에게 물려주었으련만 뜻하는 바 있어 사재를 털어 화엄사 가는 길에 시의 동산을 만들어 이십여 기의 시비를 동산 오솔길에 듬성듬성 설치하여 화엄사를 오가는 수많은 시인이며 탐방객들에게 거장의 시를 보여줌으로써, 우리 고장이 시의 고장이요 선진 문학의 고장이란 자부심을 현실로 보여주어 후배 시인들이 큰 자부심과 긍지를 가지며 문학에 매진 할 수 있는 길을 터 주신 분이다.

우리 구례문학이 창립된 지도 어느새 올해로 꼭 30년이 된다. 지난 1989년 5월 어느 날이던가. 문학의 불모지와도 같았던 구례에도 작은 등불이 꿈틀대며 기지개를 켰으니 그게 바로 정기석 선생님을 주축으로 구례읍 봉동리 소재 서울회관에서 일곱여 명이 모여 가칭 구례문학이라는 단체를 만들어 본격적으로 시발이 되어 매월 가지게 된 게

109

오늘에 이른다.

화당(和堂) 선생님은 『평화의 북소리』(1981년작)라는 시집을 첫 시집으로 발간한 이래 수십 편의 시집을 출간하여 독자들에게 시인의 큰 족적을 남기셨고 특히 시인의 유고 시 중 「나는 한평생 비비새로 울고」(1997)라는 시는 저 이웃 나라 일본 시인들의 세계까지 뒤흔들어 놓은 걸작품이기도 하다.

그분은 정녕 원자폭탄 피해자이면서 원폭이 얼마나 몸서리치는 무기라는 것을 스스로 느끼셨던 분으로 원폭 피해의 당사국인 일본 사회를 그토록 단 한 권의 붓으로 울고 울리게 했던 것이다.

그 대표적인 시 한 편을 소개해 본다.

나는 한평생 비비새로 울고
비가 내린다
어느 먼 곳으로부터 어루만지면서,
소곤거리면서 보슬보슬 그렇게
깃털처럼 내리는 비
고단한 몸을 풀고,
마디마디 쑤셔오는 삭신을 풀고
비비새 우는 날이면 비가 내린다

타는 가슴 적셔주는 빗소리
정(情) 같은 거 슬픔 같은 거, 슬픔 같은 거,

눈물 같은 거 내비치면서
우리네 모두를 적셔주는 비
사는 자의 피를 말리는
저 세도나이카이 파도 소리
비비비비(悱悱悱悱)
파도가 비비새로 울고

아득히 꿈결처럼 울려오는 폭발음!
백만 대의 불도저가 깔아뭉갠
히로시마에 까아만 콩알 같은 비

핵진(核塵) 먹은 원자운(原子雲)이
기름방울로 떨어지는 비
비비비비(悱悱悱悱) 원혼들이
비비새로 울고

그날의 비! 그날의 바람!
그날의 비가 앙금으로 남아
돌이 되어 당을 찍은 사람들,
일그러진 얼굴 가리고
세상을 돌아서는 사람들
인간을 찾아 헤매는
귀가 눈이 사람들
수렁 깊이 깊이 빠져서는 가라앉는다
어둠이 된다

폭군이 인간을 깨뜨렸다

폭군이 나를 깨뜨렸다

세상에서 떨어져 나간 자리,

내게서 내가 떠난 자리

천지현황(天地玄黃)

소용돌이 허수(虛數)가……

용마루 튼 자유 따라

날뛰는 야수가……

아픈 가슴 그 원폭에 쓰러져서

풀꽃이 떨어지듯

그렇게 떨어진 벗들을 찾아

당신을 찾아 비비비비(雨雨雨雨)

나는 비에 젖어

한평생 비비새로 울고

한때 이 시는 일본 시계를 들썩이게 했다.

또한 그분의 시 가운데 독특한 은유법을 묘사한 「첫 경험」이라는
시 한 편을 소개한다.

첫 경험(결혼 초야)

천 길 내리막길
아늑한 샘

정념이 출렁이는 하얀 못물
물살에 밀리어
자욱한 안갯속
섭리의 매듭을 풀어놓고

그리고 떨리는 자지러지는
일울도 감기어
무념(無念)으로 떨어지는
이역의 영지

시간이 버린 퇴적의 껍질을
벗기고 또 벗기면
양파와 같이 순결 머금은
하얀 속살이……

폭포로 퍼붓는 감림 앞에
물포래 둘러 쓴 달이 솟는다

내가 본 화당(和堂) 정기석 선생님은 인자하신 반면 매우 근엄하신

분이다. 매월 개최하는 월례회의 시엔 지금처럼 숙제로 각자가 시 한
편씩을 써서 당일 낭송을 하였는데 불참하거나 숙제를 못 해온 회원
들에겐 매우 서운해하신 얼굴을 보이신 게 엊그제 일처럼 보인다.

나는 그분의 그런 지도 속에 십여 년 교육을 받으며 문학인으로 가
는 길을 닦고 조이고 기름을 쳤다. 그분은 정녕 오늘날 나의 문학의
기초를 단단하게 쌓아 주셨던 선생님이시기에 내가 오늘 문학의 중
진으로서 자부하며 사는데 오늘따라 그분이 더더욱 그립고 못내 뵙고
싶다.

'선생님, 고이 영면하소서!'라는 말을 남기며 머리 숙인다.

2019. 10.

추수유감(秋收遺憾)

오늘따라 가을 하늘이 더 높고 푸르다. 섬진강이 보이고 마을 앞 산자락에선 두툼한 산벚나무가 잎이 노랗게 물들더니만 연이어 백 년도 더 묵은 팽나무가 노란 빛을 띠며 주위가 가을 정취로 물씬하다.

해마다 이맘때이면 나뭇잎엔 불이 붙기 시작하면서 불꽃 전쟁이 시작된다. 저 여름 내내 땡볕에 달구어진 나뭇잎들이 숨 막히는 더운 열을 어디에다 그리도 많이 저장이라도 해 놨는지 볕발이 잘 드는 양지쪽을 시작으로 조그만 불꽃들이 금세 나무 전체로 번지고 곧이어 숲과 들녘을 그리고 온 산을 요염한 여인의 선홍빛 입술로, 노란 은행 나뭇잎으로 색칠해간다.

자연의 섭리는 참 아름답다. 해마다 찾아오는 봄이며 여름이며 가을이지만 올해는 단풍이 더 곱다고 한다. 어쩌면 지난여름에 비가 자주 내려서인지 모른다. 단풍은 비가 자주 내린 해에 더 아름답다고 했다.

그러나 저 고운 단풍잎도 불꽃이 식어 요염한 나뭇잎들이 서늘한 겨울 햇살에 시나브로 떨어지고 나면 앙상한 나뭇가지만 남을 터인데 그리고 빈 가지엔 하늘을 나는 박새며 물새며 딱따구리 새들이 달랑 한 개 남은 홍시마저 쪼아대며 오갈 터인데 영원히 붉은 단풍만을 자랑만 할 일만은 아니다.

달력을 또 한 장 넘긴다. 어느덧 남은 종이는 달랑 두 장뿐 얇아진 달력을 바라보니 아! 벌써 또 이 해가 다 지나가려는가? 언뜻 내 안에 허전함이 엄습해 온다. 그러고 보니 지난봄이었던가?

우울증을 심하게 앓고 있던 차에 어쩌다가 생선 가시가 목에 걸려 식도 천공이란 진단을 받고 대학병원에서 한 달여 입원 치료를 하는 동안 난 생사의 갈림길에서 와병 중에 있는 처지라서 일찌감치 이해 봄은 잃어버린 내가 아니었던가?

혹독한 여름이 지나가는가 했더니만 가을 수확 철에 들어 이름도 생소한 큰 태풍인 링링, 타파, 미탁 등 3개나 되는 거대한 태풍 비바람에 여름 내내 논에 수북이 채워진 벼들 대부분이 넘어지고 쓰러져 전쟁터가 되고 말았다.

난 농사꾼의 아들로 태어나 어릴 적부터 농사를 지어온 사람이다. 해마다 이맘때이면 커다란 창고에 벼 가마니로 농사지은 벼 가마니로 가득했는데, 올핸 사상 초유의 사태가 벌어졌으니 1,500여 평의 논에 벼를 심은 사람이 창고에 나락 한 톨이 없다. 이런저런 사유로 곳간에 들어갈 나락이 없어져 버린 것이다.

70년 만에 처음 생긴 우리 집 가을걷이 풍경이다. 이건 풍경이 아니라 생각하면 주인이 몸이 아파 큰 시련을 받고 있는데 농사마저 흉년이 되고 만다.

생각하면 왠지 맘까지 침울해진다. 창고에 벼 가마니 한 개도 없으니 조금은 허전하고 초조한 맘까지 든다.

나 일개 개인의 일도 그런데 나라는 어떨까. 민심까지도 흉흉해질까 두렵다. 그래서 옛말에 '농자천하지대본(農者天下之大本)'이라고 했던가? 아무리 지금은 경제의 척도가 농경사회에서 멀어졌다고 해도 나라의 근본인 농사가 잘돼야 민심이 더 후하지 않을까 싶은 맘이다.

가을걷이가 끝난 들녘은 휑하다. 엊그제까지만 해도 온 들녘에 빽빽이 가득 찬 곡식들은 다 어디로 가버렸을까? 아마 지금쯤은 RPC 공장(벼 도정 공장)에서 혹은 방앗간에서 가정 창고에 쌓여있으리라.

좋으나 굳으나 이제 가을걷이도 끝났다. 때론 휑한 들녘 한적한 길을 걷노라면 섬진강에서 물씬 풍겨오는 아침 안개는 어느새 물안개로 올라와 이슬방울로 변하고 만다. 언덕은 강물을 밀어내고 강물은 언덕을 밀어내며 부질없는 싸움을 한 지는 정녕 태곳적부터일 거다.

강 따라 언덕배기에 기다란 고개를 내밀며 바람결에 출렁이며 흐느적거리는 억새의 모습이 마치 살포시 고개 숙인 수줍은 여인처럼 느껴진다. 가을은 이런저런 모습으로 겨울이 오기 전에 이름 모를 밀어를 속삭인다.

듬성듬성 수발아 현상으로 누워버린 벼 포기에선 파릇파릇 새순이 자란다. 들녘은 이렇게 천태만상으로 변하고 변하며 때론 잿빛이 되고 싶어 한다.

언젠가부터 봄, 가을이 짧아졌다고 말들을 한다. 그래선지 가을이 온 지가 엊그제 같더니만 어느새 뜨락엔 겨울 햇살이 나부낀다. 산다람쥐며 박새들이 이 겨울 나기 위해 분주하게 돌아다닌다. 차디찬 긴 겨우살이를 하려면 그들도 정녕 움직여야 할 판이기에……. 가을 하늘은 구름 한 점 없는 넉넉한 하늘에 노을만이 서성대는 모습이 너무 그립다.

2019. 11.

봉성산(鳳城山)에서

내가 이 봉성산을 부단히 오르내린 건 약 4년 전부터이다. 지금도 일주일이면 한두 번쯤은 꼭 찾아오곤 한다.

봉성산은 구례읍 서쪽 방향에 나지막한 봉우리로 해발이 겨우 166 미터 정도에 지나지 않는다. 봉성산은 모양을 보면 나는 봉황이 알을 품고 있는 모습과 같다고 하여 붙여진 이름이라고 한다.

산 동쪽 기슭엔 울창한 소나무가 수백 그루가 있어 읍으로 내려오는 오솔길을 지나다 보면 솔 향기가 솔솔 오르내리는 발길마다 아름다운 향기 한 아름 저절로 뿌려주며 또 동쪽 산기슭엔 대나무를 심어 죽림을 이루고 있는 것을 보면 아마도 봉황새는 대나무 열매가 아니면 먹지 않는다는 의미로 파생된 듯하다.

나의 전 직업이 사무직이라선지 평소에 날만 새고 나면 다람쥐 쳇바퀴 도는 식으로 날마다 사무실만 오가는 일들이 수십 년 몸에 배선지 남들이 잘 다닌다고 하는 등산 같은 것은 아예 담을 쌓고 살았으며 왠지 걷기를 죽기로 싫어했던 나 자신을 생각해본다.

그런 나에게 산을 좋아하게 된 결정적인 계기가 있다고 한다면 지난 2016년 2월 순천 모 병원에서 건강검진을 받고 난 후부터이다. 당시 우울증으로 하루하루를 심하게 고통받고 있는 난 그즈음에 어디몸 한구석이 망가져 내려앉은 줄도 모르고 '내가 고통을 받고 있지나 않은지'라는 생각으로 지내오던 중 가족들의 권유도 있고 해서 돈이 얼마나 들어도 좋으니 내 몸 어디 구석구석이나 속속들이 들여다보아 아픈 곳을 알아나 보려고 머리끝에서부터 발끝까지 온몸을 검사해 보기로 했다.

그리하여 당시 최종 종합판정을 받은 결과 대체로 육체적인 병은 없으며 정신적인 마음의 병이라고 진단했다. 아울러 담당 의사는 폐 활량이 극도로 약하여 상당 기간을 유산소운동을 해야 살 것이라고 권유했던 말이 생각이 난다.

그렇다.

그때쯤 만해도 사실 난 봉성산 아래 200여 미터 짧은 거리인 충혼탑이라도 오르내리려면 숨이 목구멍까지 차올라 헐떡대며 간신히 오갔던 기억이 난다. 또 언젠가는 봉성산 166미터 정상을 코앞에 두고도 숨이 가빠 못 가고 다시 오던 길로 내려왔던 일도 생각이 난다.

지금은 그 길을 갈 때마다 왕복으로 또는 종으로 횡으로 1시간여 동안을 오가도 숨이 차질 않고 가뿐한 걸 보면 사람은 특히 중·노년의 나이가 들면 걷기운동이나 유산소운동은 매우 중요하다는 걸 혼자 스스로 새삼 느껴보기도 한다.

오늘따라 하루의 햇살이 봉성산 내 나무 사이로 촘촘히 사라지려는 석양 나절에 자그마한 봉성암, 봉명암 두 암자에선 저녁예불인지 뭔지는 모르지만, 목탁 소리가 한창이다. 작년까지만 해도 봉성산 기슭엔 암자가 두 개 교회가 1개소가 있어서 저녁 6~7시 무렵만 되면 목탁 소리, 예배당 종 소리가 뒤범벅이 되어 아래 동네인 구례읍 온 시가지로 울려 퍼지곤 했는데, 언젠가부터 교회는 사라지고 없어졌다.

충혼탑 뒤 횡으로 가로지르는 울창한 대나무 숲에선 오늘은 무슨 비밀을 감춰 두고 있을까? 70여 년 전 여순 사건이 터지면서 구례골은 참 많은 피해를 당한 지역이기도 했다. 사상논쟁이 무어라고 애꿎은 민초들만 가지고 좌익이다, 우익이다 하며 괴롭혔다. 그래서 좌익, 우익은 내가 어린 시절 가장 많이 들어본 대명사들이다.

여기 충혼탑은 대부분이 당시 여순 사건이나 지리산 공비 토벌 시 공을 세운 군·경들의 위패를 모신 곳이라고 한다. 난 언젠가부터 이 충혼탑만 보면 마음 한구석이 씁쓸해진 걸 느낀다.

일제 강점기가 끝나고 해방이 되기가 무섭게 이 나라에는 좌익, 우익으로 사상논쟁 이념으로 국론은 크게 분열되었다. 이러한 와중에 좌도 우도 모르는 대다수 양민은 커다란 희생양이 되고 말았다.

작은아버님이 세상을 떠난 지는 올해로 꼭 72년이 지났다. 1948년 10월 당시 여순 사건이 터지면서 여수에 주둔해 있던 14연대 병사들이 해방 직후 제주도 4·3 폭동을 진압하라고 하는 군의 명령을 어기고 14연대에선 우익계 장교들을 죽이고 반란을 일으킨 사건이 터진다.

당시 순천에선 좌도 우도 아무것도 모르는 양민 2,000여 명이 한꺼번에 학살당한, 불쌍한 양민들만 죽음을 당한 사건으로 그들은 그 후 폭풍 노도와 같이 순천을 한바탕 피비린내 나는 동족상잔으로 살육을 한 후 순천을 지나 구례골 지리산을 거점으로 진격해 오면서 평온하기만 했던 이 고장은 한순간에 민란의 큰 소용돌이 속에 휘말려야 했다.

밤에는 소위 산사람(반란군을 뜻함)에게 시달리고 낮엔 우리나라 치안 책임자들에게 시달리고, 여기서 우리 작은아버님은 밤에 하동선 도로 곁에 세워진 전봇대 지키는 보초를 보시던 중 반란군들이 전봇대를 베어 가버리는 바람에 치안 책임자들로부터 죽음을 당했다고 하셨는데, 어른들의 말에 의하면 그날 죽은 사람은 우리 작은아버님 말고도 3명이나 어디론가 끌려가 한꺼번에 총살당하셨다고 한다. 지금도 네 분이 한날한시에 제사를 모시고 있다.

당시 봉성산 꼭대기에서 대나무가 가려진 곳에서 읍 사수를 위해 따발총이 따따따 무섭게 갈겨대곤 했다는 당시를 말하는 여러 증인의 말을 들으면 이곳 봉성산에서 수많은 사람이 희생되었다고 한다. 오랜 지금에 와서 생각하면 맘이 착잡하기만 하다.

이 땅에 다시는 이런 부질없는 사상논쟁이나 일으켜 애꿎은 양민들이 학살되는 일은 정녕 없어야겠다는 생각을 해 본다. 봉성산은 해마다 잎이 피고 지고 낙엽이 우수수 가느다란 길에 흩날리곤 한다. 방금 머리 위를 맴돌며 떨어지는 낙엽 한 조각을 보니 왠지 '또 가을이 찾아오는구나'라고 생각하다 보니 어느새 내 발길은 산에서 내려오고 있었다.

3부

후회(後悔)
없는 삶

시린 가을날의 단상(斷想)

서시천변 언덕 베기에 줄지어 서 있는 벚나무며 개나리가 이른 봄부터 시샘하며 꽃의 향연을 벌이더니만 그 화려했던 꽃이며 푸른 나뭇잎들은 다 어디로 사라져 버렸을까. 언젠가부터 천변에 하얀 갈대가 겨울을 재촉하는 바람결에도 저 홀로 신이나 나풀거리며 사람들의 눈길을 멈추게 한다.

난 언젠가부터 서시천공원 산책길을 자주 들려 천변의 나뭇잎들이며 동서로 이어진 징검다리 위 잔잔한 물 위에 한가로이 파닥이는 물새들을 바라보며 대자연의 순리에 따라 저절로 변해가는 아름다운 자연을 감상하면서 사색에 잠기며 한가로이 산책하는 시간이 많아졌다.

이제 가을이 깊어져 간다. 서리가 내린다는 상강(霜降)이 엊그제이니 가을도 어지간히 깊어 가는가 보다. 가을은 풍성한 수확의 계절이라고 하는데 서시천변 가까이 내가 살고 있는 광평 마을이나 이웃한 냉천마을 앞 들녘에는 황금벌판이 아니라 수확기가 지나가는데도 주인 잃은 잿빛 벼들만이 청초로 서 있다.

아예 수확을 포기해야 하는 논들이 많다. 내가 경작을 하고 있는 벼논에도 여지없이 물이 침수되는 바람에 작년에 이어 올해도 폐농을 해야만 했다. 난 작년에 농사를 버려서 농사지은 사람이 쌀을 사서 먹었는데 내년에도 또 쌀을 사서 먹을 수밖에 없다. 생각하면 쓴맛이 저절로 난다. 농사꾼이 무슨 죄인가? 나뿐만이 아니라 이제 기후가 맞지 않아 농사도 못 짓겠다고 한숨들이다.

언젠가부터 북극 추운 지방인 시베리아 지역이 영하권에 있어야 할 곳이 영상 34도라는 엄청난 기온의 급속도로 상승으로 꽁꽁 얼어붙은 빙산들이 수없이 녹아내린 모습을 티브이 영상에서 보게 되었다. 지구환경의 급속한 변화로 대자연의 질서마저 흐트러지는 모습을 보니 불안이 앞선다.

난 올해는 농사가 좀 낫겠지 하며 연초에 기대를 걸고 힘겹게도 애써 지은 농사였는데 지난여름 50여 일이나 되는 긴 장마에다 3일간의 집중 폭우와 갑자기 불어난 주암댐의 물 방류로 서시천둑이 범람 둑이 터지면서 사상 처음으로 구례읍 시내가 물에 잠겨 하루아침에 삶의 터전을 잃고 수많은 이재민을 낳았다.

또 섬진강 하류 지역인 구례와 화개마을이 온통 물바다가 되었고 덩달아서 물이 범람하여 이제 막 벼알들이 수잉되거나 수발화되려는 시기에 무려 3일간이나 물속에 잠겨 벼들은 모두가 황금이 아니라 잿빛으로 변해 버린 채 지금껏 추수도 포기하며 방치하고 있는 실정이다.

이런 와중에서 지난 연초에 불어 닥친 신종 코로나 바이러스 감염증(코로나19)으로 도시, 농촌 가릴 것 없이 아니 이 지구상 모든 나라들이 날로 확산하는 전염병으로 대재앙을 만나 야단법석들이다. 눈에 보이지도 않은 작은 바이러스가 이토록 인간을 괴롭힐 줄은 누가 상상이나 했겠는가?

잇단 자연재해와 코로나19로 지난 추석은 농사 망치고 자녀들도 맘대로 못 보는 사상 초유의 쓸쓸한 추석을 겪어야 했다. 전염병 예방에 따른 정부의 거리두기 차원에서 그동안 서로 흩어져 살았던 부모와 자식 간 그리고 형제들 대부분이 고향에 내려오지도 못하고 겨우 전화로 안부를 묻곤 했다. 특히 더 안타까운 것은 요양병원이나 요양시설에 입소 중인 수많은 환자는 부모·자식 간 면회마저도 금지되는 바람에 피눈물을 안고 명절을 보냈으리라 생각하니 맘이 쓸쓸하다.

연초부터 전 세계에 몰아닥친 코로나19 전염병은 이젠 코로나 블루라는 또 다른 신종어가 생겨나 수많은 사람에게 지독한 정신적인 고통을 주고 있다. 특히 나처럼 우울증에 걸린 사람들 지병이 있는 사람들에겐 더 우울하고 더 불안이 가중된다.

사람은 사회적 동물이다. 그래서 각 지방자치단체장들은 앞다투어 주민 편익 증진 차원에서 마을마다 복지시설들이 산재해 있다. 그러나 올해는 그 많은 시설들을 이용도 할 수 없게 막아버렸다. 그런 바람에 올해는 사정이 달랐다. 코로나 전염병 확산 방지를 모든 편익 시설들을 폐쇄되는 바람에 가뜩이나 공동화되어가는 농촌 마을은 더없이 적막강산으로 변한 지 오래다.

현대인들에게 고독과 외로움은 암보다 더 무서운 병이라고 한다. 이 현대적인 질병에서 그 누구도 자유로운 사람은 없을 것이다. 특히 코로나19가 사회적 단절을 강요하면서 이 고독이라는 병이 맹위를 떨치고 있다고 한다.

사람은 독불장군이 없다는 말처럼 무엇보다 더 중요한 것은 자기 내면뿐 아니라 다른 사람들의 외로움에도 관심을 기울이는 일이다. 우선 내 이웃들 안부 살피며 또 내 마음에 맞는 친한 친구를 많이 만들어야 할 때가 아닌가 생각해본다.

누군가는 말했다. 인생은 시시하게 살기엔 그 생이 너무 짧다고 했다. 인생은 한정된 기름통에 기름을 가득 싣고 저마다 목적지를 향해 달리는 자동차와 같다고 했다. 그러나 기름통에 기름이 떨어지면 그 누구도 다시 채울 수가 없다는 게 우리네 짧은 인생살이다.

뒤 안 담장은 제철 만난 호박꽃들이 줄기 마디에서 노란 색채를 발산하면서 벌 나비를 유혹 늦여름 호박꽃이 여기저기 듬성듬성 피어나더니만 엊그제 서리가 내려서인지 금세 시들해져 버렸다. 또 참새와 잠자리가 한 가닥 전깃줄마다 내려앉더니만 소스라치는 가을바람에 저절로 놀라 저만치 달아난다.

지난 6월이었던가. 내 어릴 때 가난해서 끼니도 제대로 못 먹던 그 시절 그래도 겨울 양식이었던 고구마 농사가 언젠가부터 잘 안되어 고구마순에 문제가 있는가 싶어 올해엔 저 해남에서 고구마순을 인터넷으로 주문 뒷밭에 세 두둑 심었는데 엊그제 고구마를 캐 보니 먹기 좋은 고구마들이 제법 많이 나왔다.

참 좋은 세상이다. 그리 힘든 고구마순을 집에서 애써 기를 필요도 없이 조금만 돈을 들이면 가만히 집에서 받아 옮기기만 하면 되니 말이다. 고구마는 우리에게 참 좋은 식품임엔 틀림이 없다.

그런데 이상하게도 내 아내는 고구마를 참 좋아하는데 난 별로 좋아하질 않는다. 아마도 아내는 도시의 처녀로 자라 고구마를 그리 먹질 못하면서 자랐고 난 그와 반대로 쌀이 없어 겨울 양식 대용으로 고구마로 거의 끼니를 때우고 했던 정반대되는 삶을 산 이유에선지 모르겠다.

이제 들녘은 좋으나 굳으나 하루하루가 지날 때마다 여름 내내 울창했던 만물들을 비워낸다. 이제 모든 것을 또 내년으로 기약하면서 저마다 가을걷이하기에 바쁘다.

참 세월 한번 빠르다고 느껴본다. 70km로 지나가는 나의 세월인데…….

이제 그 고왔던 아름다운 꽃들도 서서히 사라져 버리고 마당 한편에선 탐스럽게 활짝 피어오른 두 바구니의 국화 꽃봉오리가 날마다 나를 반긴다. 그러고 보면 꽃이란 사람에게 포근한 희망과 용기 그리고 행복을 주는 고마운 식물이다.

더구나 요즘과 같이 코로나 전염병 팬데믹(세계적 대유행) 상황 가운데 답답하고 우울한 일상을 살아가면서 철마다 아름다운 자연을 그려보며 또 탐스럽게 피어난 꽃들을 눈으로 지그시 바라보면서 저 파란 하늘을 바라보면서 위로받아 보자.

어둠은 뛰지 않는다 모든 만물은 단 한 순간도 생명의 작동을 멈추지 않는다. 움직임이 세상을 발굴한다. 자연의 생태와 순환은 관계

가 아니고 우주 끝까지의 연결이다. 이제 머잖아 겨울이 소리 없이 찾
아오리라 암만도 이 겨울은 웅크려 있기엔 너무나 시간이 없다. 더 큰
행복을 펼치며 다가오는 내년을 기다려 보자.

2020. 10.

봄이 지나가는 소릴 들으며

곡우(穀雨)라는 절기가 지나간 지도 어느새 열흘이란 세월이 훌쩍 지나 이제 4월도 지나가 버리고 이제는 싱그러운 오월, 그리고 여름의 초입이라고 하는 입하(立夏)라는 절기가 눈앞에 다가온다.

세월은 물 흐르듯이 잘도 흘러간다. 누군가는 이런 세월을 가리켜 유수(流水)라고 했던가? 봄기운에 시냇가버들강아지는 연한 눈망울을 이리저리 굴리며 촉새를 트여 야트막한 물에 비스듬히 기대여 저 홀로 신이나 가느다란 연초록 잎새를 내곤 하더니만, 어느새 작은 나뭇가지로 변해간다.

그런가 하면 지리산자락 작은 마을에도 이 봄은 어김없이 찾아와 오만가지 꽃들의 향연을 피운다. 산빛마저 고운 이 계절에 저 멀리 어디선가 들려오는 쑥국새 울음소리가 오늘따라 더없이 정겹다.

쑥국새는 산비둘기로 쑥이 새순이 날 무렵 지-지 쑥꾹 하고 구슬피 울기 때문에 붙여진 이름이라고 한다. 옛날 옛적 가난한 시골에서 봄날에 먹을 게 없던 시절에 시어머니 무서워 쑥국도 못 먹고 죽은 며느리 능신이 쑥국새가 되어 봄이면 그렇게 구슬피 운다고 한다.

난 어려서부터 쑥국새 울음소리를 참 좋아했다. 해마다 오월 이맘때이면 외할아버지 제삿날이 돌아오는데 그날이 되면 어머니는 남원에 있는 외갓집을 가신다 가는 길에 어머니 손을 붙잡고 가는 길이면 마을 어귀 큰 나무 위에서 쑥꾹 쑥꾹 구슬프게 울어대는 쑥꾹새 울음 소리는 지금도 잊을 수가 없다.

오늘따라 우리 집 앞마당 토담 곁에 모란꽃이며 작약이 붉은 꽃망울을 살포시 내밀어 꽃대가 탐스럽게 올라온다. 모란은 목단꽃이라고 하는데 꽃이 화려하고 풍염하여 위엄과 품위를 갖추고 있어 부귀화(富貴花)라고 부르기도 한다.

작약은 약초로 널리 쓰이는 식물이기도 하다. 꽃이 크고 탐스러워서 함박꽃이라고 하는데 백작약, 적작약, 호작약, 참작약이 있는데 우리 집에 심은 작약은 적작약이다. 내가 10여 년 전에 친구 집에서 옮겨다 심어둔 작약은 이맘때이면 제철을 만난 듯이 선홍빛 붉은 꽃으로 피어 고운 향기를 날린다.

작년 1월이었던가? 신종 코로나 바이러스 감염증(코로나19)이 온 지구촌을 야금야금 물들이더니만 날이 갈수록 그 전염의 속도가 기하급수적으로 늘어나 사람들의 일상마저 바꿔놓았다. 한두 장의 마스크를 구하기 위해 약국 앞에 늘어선 긴 행렬들, 생각하면 갑작스레 바뀐 일상들이 두렵기만 하다.

이제는 확산 억제를 위해 사회적 거리두기의 파장이 미치지 않은 곳이 없다. 외부와의 고립과 단절에 대한 고독감이나 우울감은 정신적으로 너무나 그 충격이 크다. 오죽하면 '코로나 블루'라는 신조어까지 생겨났을까?

지금까지 1년4개월여 동안 전 세계적으로 코로나로 인해서 감염된 사람은 수억 명이 넘으며 그로 인해 죽어 나간 사람이 수천만 명이라고 하니 듣기만 해도 너무나 무섭고 가슴이 떨린다.

이제는 다행하게도 예방 백신이 개발되어 지금 많은 나라들이 앞다투어 백신접종을 하고 있다지만 더디기만 하고 이 백신 예방 접종도 어쩌면 빈익빈 부익부라고나 할까. 경제적으로 잘사는 나라는 전 국민을 대상으로 한두 차례 모두 예방 접종을 마친 데 비해 상대적으로 가난한 아프리카나 동남아 등 못 사는 나라에선 아직 예방 접종 시작도 못 하고 있으니 너무나 딱한 실정이다.

사람이란 사회적 동물이라고 한다. 저마다 한 공동체를 이루며 살아가고 있는데 이제는 나의 가족, 친구, 동료 등 한 울타리에 사는 사람들조차 맘대로 만나지도 모일 수도 없으니 얼마나 답답한 일인가?

너나 할 것 없이 어려운 환경과 여건 속에 살아가고 있는 이 시대 사람들 코로나 팬데믹 시대를 살고 있는 사람들의 고통이 너무나 크다. 날마다 대문짝만하게 실려 나오는 각종 신문, 매체들은 청년 일자리 감소로 하루아침에 실직되어 거리로 내몰리고 영세 소상공인, 자영업자들의 줄도산으로 그 피해는 이루 말할 수조차 없이 너무나 혹독하다.

그동안 정부에선 수십조 원이라는 천문학적인 재정을 투입 코로나의 극한 상황으로부터 벗어 나보려고 애써 왔지만, 현실에서 바라보는 코로나19 상황은 그리 쉽게 끝날 것 같질 않다. 눈에 보이지도 않은 작디작은 바이러스 하나로 온 지구상이 이렇게 큰 고통을 받아야 한다니 참으로 서글프다.

이제 싱그러운 오월이다. 오월의 나뭇잎들은 아직은 연한 가지이며 초록잎새로 덮여 있다. 가만히 다가가 귀 기울여 보노라면 왠지 내 가슴이 두근거리고 신비하기까지 하다. 어쩌면 저렇게도 아름답고 고울 수가 있을까? 연초록 감나무 잎새 사이로 감꽃을 상상해본다. 갑자기 내 어린 시절 감꽃을 따서 먹던 시절이 살며시 내 안에 아스라이 스며온다. 노란 감꽃 한 줌 따다가 실에 꿰어 한입에 한 알씩 입에 쏘옥 넣어서 야금야금 먹으면 달착지근한 감꽃의 맛은 생각만 해도 모두가 못내 하얀 그리움으로 남는다.

이 시대를 살아가고 있는 사람들은 뜬금없이 찾아와 우리네 일상을 한꺼번에 바꿔 놓은 코로나19 전염병으로 인해서 너나 할 것 없이 지칠 대로 지쳐있는 상태이다.

그러나 어떠하랴. 아무리 혹독한 겨울이라도 저절로 고개 내밀며 찾아온 봄 햇살에 겨울이란 계절은 저만치 자취를 감추며 달아나 버리지 않았는가? 모든 것은 다 때가 되면 지나가리라.

밤을 꼬박 새워 본 사람은 알 것이다. 어둠이 오래 가지 않는다는 것을 힘든 일을 겪어본 사람은 알 것이다. 모두가 지나간다는 것을 경험하고 나서야 정확히 깨닫고 알게 된다. 모든 것은 다 지나가게 되어 있다. 아무리 힘들게 했던 코로나도 슬픈 일도 모두가 이 또한 지나가리라는 말로 위로를 삼자.

오월은 뭐니 뭐니 해도 장미의 계절인가 보다. 양지바른 담장에 언젠가부터 담쟁이넝쿨이 연초록 잎새 사이로 줄기가 온 담장을 휘감아 온다. 작년 겨울에 뿌리를 다 없애버렸는데 아마 다른 가지에서 자란 넝쿨이 새 동지를 튼다.

활처럼 휘어진 덩굴장미가 새순으로 가지를 내더니만 이제 붉은 꽃망울을 맺을 채비를 하고 있다. 지난겨울 붉은 동백꽃이 촘촘히 열려 내 눈을 곱게 안아주던 동백꽃은 이제 시들어 간다. 그 자리에 장미가 꽃망울을 한두 송이 맺기 위해 부지런히 꽃대에 물을 실어 나른다.

참 자연의 섭리는 너무나 곱고 아름답다. 봄 햇살 느긋하게 내리쬐는 날이면 큰 나무 아래 피어난 가지가지 예쁜 작은 풀꽃들을 내 허전한 가슴에 옮겨심고 싶다. 봄은 이렇게 조각난 햇살 가르며 감미로운 왈츠로 변하고 있다.

2021. 5. 20.

설날 내려오지 말라고 했지만

하늘이 검은 구름으로 뒤덮이더니만 갑자기 하얀 눈이 펑펑 쏟아진다. 올해는 유난히도 눈이 자주 내린다. 눈이 많이 오면 다음 해엔 농사가 풍년이라는 말이 있는데 정녕 그 말대로 되었으면 좋겠다.

재작년엔 세 차례나 거듭된 태풍으로 작년엔 예전에 없던 호우로 농사가 망치는 바람에 농사를 지은 사람으로서 사상 처음으로 쌀을 팔아먹어야 하는 신세로 전락 그 일을 생각하면 왠지 맘이 씁쓸해진다.

작년 이맘때이던가 신종 코로나 바이러스라는 전대미문의 전염병이 무섭게 온 지구상을 엄습 공포의 대상으로 변해 밀어닥치는 바람에, 지구촌에선 수많은 사람이 감염되어 죽어 나가는 사람들이 기하급수적으로 늘어만 간다.

정부에서는 방역 지침으로 거리두기 차원에서 자영업자들이 영업을 맘대로 하지도 못하고 제한된 시간을 정해놓고 또 각종 종교시설이나 공공시설들마저 폐쇄하는 바람에 모든 것이 불편하고 불안한 가운데 살아가야 하는 세상이 되었다. 특히 횡하니 공동화된 농촌 마을에선 노인들이 유일하게 찾는 경로당마저 폐쇄되는 바람에 노인들의 삶은 더없이 허전하고 쓸쓸하다.

이러한 와중에도 설 명절은 찾아온다. 행정당국에선 올 설날에는 그놈의 코로나 때문에 4인 이상 거리두기 차원에서 가족마저 모이질 못하게 한다. 참 안타깝다. 설 대명절인데 자녀들 귀여운 손주들 보는 재미로 살아가는데 코로나 팬데믹으로 온 세상이 암흑천지로 변해버렸다.

해마다 이 설날이 다가올 즈음이면 귀경차량 행렬로 온 도로가 주차장으로 변해 명절 분위기가 고무되어 정겨운 고향 내음이 나곤 했는데, 작년 추석날도 코로나 때문에 오도 가도 못하고 올 설날도 아들딸들이 보고 싶은 맘은 많으나 집에 내려오지 말라고 억지 말을 하려니 그저 씁쓸하다.

농촌 마을에는 대다수가 노부부들만이 사는데 언젠가부터 얼굴에 하얀 마스크를 쓰고 있는 게 일상화가 되었는데, 코로나19는 언제나 소멸될 것이며 백신은 언제나 접종이 되어 일상으로 돌아올 것인가 참 답답하기 짝이 없다.

정부의 사정은 어떠한가. 작년부터 코로나로 인한 긴급재난지원금이다 뭐다 해서 수많은 돈이 투입되었지만 밑 빠진 독에 물 붓는 꼴이 되었다. 그동안 수차례에 걸쳐 재난지원금으로 수십조 원이란 천문학적 혈세가 투입되어 나라 곳간은 고갈되어 가고 부채는 날로 늘어만 가니 큰 걱정이다.

이 엄청난 빚을 누가 갚아야 할까. 우리 시대 사람들이 못 갚으면 고스란히 내 금쪽같은 새끼들이 떠안을 수밖에 없다. 맘이 참담하다. 나랏빚이란 말이 나왔으니 냉철하게 한번 따져 보고자 한다.

한국 정부의 예산 규모는 1966년 1,200억 원대에서 1970년대 4,000억 원대로, 1975년 1조 원대에서 1980년 5조 원대로, 1990년 22조 원대에서 1995년 54조 원대로 껑충 뛰었다. 또 2000년 92조 원대에서 2005년 194조 원대로, 2010년 292조 원대에서 2020년 482조 원대, 그리고 2021년 올해 예산은 558조 원대로 큰 폭으로 늘어났다.

그런데 놀라운 것은 박정희 전두환 군사정권 시절엔 정부 빚이 미약했던데 반해 민주화 이후 정권에선 해마다 수없이 늘어났다는 점이다. 예컨대 1988년엔 정부 빚이 18조 원이던 것이 올해는 부채가 무려 900조 원대에 이르러 조만간 국내 총생산(GDP)의 절반 정도가 부채인 것으로 전망된다. 이 정도면 이 나라가 빚더미 공화국으로 전락할 수밖에 없다고 하는 경제 전문가들의 얘기를 들으면 한 시대를 살아가고 있는 사람으로서 우선 걱정이 앞선다.

설날이 다가왔지만 옛날의 훈훈한 명절 분위기는 고사하고 온 국민이 감염병 예방으로 5인 이상 집합 금지 행정명령이 작년부터 계속되는 바람에 소상공인들이나 없는 영세 자영업자들이 죽겠다고 난리다.

이런 와중에 그래도 이 나라는 온 국민이 합심하여 감염병 예방수칙을 잘 지킨다고 해서인지 이제까지 사망자수가 1,600여 명이라고 한다. 그러나 유럽 같은 나라들은 선진국인데도 불구하고 죽어 나가는 숫자가 100명만이 훨씬 넘는다고 하니 생각하면 그저 참담할 뿐이다.

평소 같았으면 설날이라도 오는 무렵이면 온 가족들이 오순도순 모여앉아 정담을 나누고 조상에게 제사를 지내고 하던 조상 대대로 이어져 온 우리 고유의 전통 미덕은 올 설날만큼은 애당초 글러버렸나 싶다.

그러잖아도 농촌 마을은 언젠가부터 농경시대에선 사람들로 북적거려 명절 분위기가 한껏 고무되고 했지만 이젠 집집이 한두 사람이 커다란 집을 우두커니 지키고 있는 모습들이 안쓰럽다.

부모들은 자녀들에게 애당초 이번 설날엔 내려오지 말라고 애써 말했지만 멀리 나간 자식들 손주들이 얼마나 보고 싶었겠는가? 마을 회관도 경로당도 모두가 문이 닫히는 바람에 노인들은 어디 갈 데가 없다.

언젠가부터 시골에는 고독사하는 노인들이 종종 일어나곤 한다. 특히 혼자 외롭게 살고 있는 사람들이 더 위험한 부류에 속한다. 사람은 사회적 동물이라고 했는데, 그래서 사람들은 서로 부대끼며 살아가게 되어있는데…….

다행히 백신이 개발되어 코로나 전염병은 올 상반기 안에 대다수 국민이 예방 접종을 할 수가 있을 것이라고 하니 맘이 한결 나아진다. 어서 코로나19라는 전염병이 사라져 나라 살림살이나 민초의 삶이 숨통을 틔울 것 같다.

뜨락에 하얀 목련화가 봄기운에 꽃망울을 서서히 틔우고 있다. 정녕 이 땅에 봄이 오는 소리도 더 가까이 들린다. 대자연의 섭리는 단한 치의 오차도 없이 주야의 반복 사시의 변화 속에 저절로 우리 곁에 찾아온다.

아무리 혹독한 겨울이라도 저만치 밀려오는 봄기운을 어떻게 막을 것인가. 이제 산빛 고운 3월이 내 안에 다가오면 암울한 나라 살림도 서민들의 경제도 모두가 서서히 나아지리라 간절히 기도해본다.

2021. 2. 15.

야유회(野遊會) 길

초복(初伏)이 지난 들녘은 온통 짙은 초록색이다. 산이 그렇고 강이 그렇고 바다가 그렇다. 초록색은 눈을 맑게 한다고 하던데, 이제 시절은 본격적으로 삼복더위가 시작되는가 싶다. 오늘따라 차창 밖으로 펼쳐지는 정경은 해마다 단 한치의 어김도 없이 대자연은 살아 숨 쉬며 우리 곁을 오간다.

2021년 7월 2일, 오늘은 마산 행정동우회 모임에서 야유회를 가는 날이다. 일찍이 계획된 모임이었다. 모임의 성격은 그전에 군청, 읍면에서 행정공무원으로 국가의 녹을 먹고 오랫동안 봉사하다가 정년퇴직을 한 사람으로서 나이는 60대에서 80대까지 다양했다.

대부분 7~80대 우리나라가 격동기 시대에 접어들면서 농촌은 녹색혁명이 시작되고, 벼농사는 통일계통의 다수확 쌀을 생산하면서 온 국민이 배고픔을 면하게 되었고 특히 일반 빈농들은 꽁보리밥에서 하얀 쌀밥을 먹는 계기가 되었던 그 시절 행정의 최일선에서 묵묵히 맡은바 열심히 일했던 은퇴공직자들이었다.

또 새마을 사업의 기치 아래 온 나라가 초가들이며 돌담들이 펄럭이는 깃발 아래 초가지붕은 슬레이트 지붕으로, 또 올망졸망 좁다란 마을 안길은 넓은 신작로로 바뀌어 잘살아보자는 정부 시책의 최일선에서 불철주야 애쓰며 일했던 사람들이다.

그러나 세월 앞에선 장사가 없다고 했던가? 패기 넘치던 그 모습, 홍안의 모습 들은 다 어디로 갔는가. 흐르는 세월의 흔적 속에 저마다 눈가엔 잔주름으로 턱 아래는 팔자 주름만이 엿보여 맘이 씁쓸했다.

오랫동안 오직 나라와 민족을 위해 애쓰다가 때가 되어 정년이란 날짜에 맞춰 퇴직했던 사람들로서 재직 시에는 군청에서 실장으로 또는 과장으로 읍면에서는 읍·면장으로 일해왔던 사람들이었다.

사실 지금은 그런대로 공무원들의 보수가 좋은 편에 속했지만 지난 4~50년 전만 해도 공직은 별로 알아주질 않았던 때였다. 그저 공직을 천직으로 알고 일선에서 묵묵히 일했던 사람들이다.

얼굴엔 켜켜이 쌓인 연륜만큼이나 온 얼굴에는 주름살들로 늙어가고 있음을 보여주고 있었다. 그처럼 맑고 초롱초롱한 눈이며 홍안들은 다 어디로 가버렸을까? 누군가 사람은 생로병사라고 했다지만, 그러나 가는 세월을 어찌하랴? 누구에게나 다 오가는 것들인데, 다만 살아생전 숨 쉬면서 몸이나 아프지 않기를 간절히 기도해본다. 그래도 아직은 살만한 세상이 아닌가?

오늘의 모임은 작년 연초부터 불어닥친 코로나 팬데믹 상황이 발발 장기화하면서 우린 그동안 매월 연례 모임을 2년 동안 한 번도 모이질 못했다. 이런 와중에 회원들은 고령으로 하루가 다르게 늙어가고 또 코로나 백신 예방 접종도 거의 두 차례씩 다 맞은 회원들이 다수여서 부득이 오늘 야유회 행사를 하게 되었다.

목적지는 산 아래 사는 사람들이라 저 시원한 바닷바람을 맞으며 여름에 나는 맛있는 '하모 샤브샤브'로 점심을 하고 여수에서 고흥으로 잇는 바닷길 100리 길을 둘러보는 행사였다.

버스는 시원하게 확, 포장된 도로 위를 잘도 달렸다. 한 시간여 달린 끝에 여수 경도에 도착 우리 일행은 넓은 식당에 둘러앉아 미리 준비되어있는 음식을 맛있게 먹었다. 특히 '하모 샤브샤브'는 입에 들어가는 순간 입안에서 사르르 녹으면서 여름철 보양식으로 제철답게 귀한 맛이었다.

여수시 화양면에서 고흥군 영남면을 잇는 바닷길은 여섯 개의 섬을 연결하는 바닷길로서 그 길이가 무려 백여 리에 이른다. 칠월 초여름의 하늘빛은 높게 지나가는 구름이며 살랑살랑 불어대는 싱그러운 바람이 그저 아름답기만 하다.

난 차창밖에 대자연의 흐름을 감상하면서 지난날의 수많은 사연들, 잡념들이 머릿속에 맴돌며 떠오른다. 그 가운데서도 인생에 대하여 만감이 교차하며 지나간다. 최근 들어 계절이 바뀌면서 그 옛날 다정했던 사람들의 부음을 자주 듣는다.

이 세상의 모든 것은 오면 갈 때가 있다. 해도 달도 떴다가 꼭 같은 과정을 거쳐지고, 태풍도 일면 소멸할 때가 있다. 그 속에서 인간 역시 살다가 가는 것은 필연(必然)이다. 생명을 둘 가진 자 없고 누구나 일회성을 살다 간다.

죽음은 귀하고 천함을 가리지 않고, 도시나 변두리 산속에 있어도 찾아낸다. 태어난 삶에 모두 적용된다는 점에서 '죽음은 만물에 공평하다'라고 일찍이 수필가 박숭구(朴崇求) 님은 말하고 있다.

남도의 바다, 오늘 내가 지나가는 섬들은 옛날에는 듬성듬성 섬으로만 있었던 게 섬을 잇는 다리가 놓이면서 육지가 되어 교통 또한 참 편하리라 생각해본다.

그러고 보면 우리나라의 건설기술은 세계 그 어느 나라에 비해서도 뒤지지 않으리라 자부심을 가져 본다. 최근 들어 이순신대교가 그렇고 저 신안의 천사대교가 그렇다. 세계 10위권의 경제 대국인 대한민국, 앞으로 훌륭한 대통령이 나와서 정치만 좀 잘했으면 참 좋겠다.

고흥 점암면에 있는 팔영산이 저 멀리 바라보인다. 10여 년 전 교회에서 교우들이 험하다고 하는 팔영산 등반 오를 때가 문득 그리움으로 내 안에 스며든다. 지금은 그저 모든 것이 젊은 시절에 애틋한 그리움이며 한 가닥 추억으로 남는다.

고흥으로 가는 길에 고흥 분청문화박물관에 잠시 들렀다. 분청문화박물관은 고흥 두원면에 소재하고 있는데, 안내판을 보니 국가 지정 문화재 제519호로 1980년대 운대리 가마터 발굴을 시작으로 37년의 장기 프로젝트 끝에 2017년 10월 31일, 부지 99,885m^2에 이르는 분청문화공원으로 조성이 되었다고 한다.

분청문화공원을 관람하면서 지내다 보니 어느새 돌아갈 시간이다. 고흥에서 구례까지는 차량으로 약 한 시간여 길이다. 오늘도 반갑고 정겨운 사람끼리 하루를 보내며 또 한 가닥 아련한 추억으로 남는다.

2021. 7. 15.

블랙박스

창가에 유월 끝자락의 햇살이 따사롭다.

유월의 들녘은 바쁜 농번기다. 제철 만난 트랙터 이앙기 농기계 소리가 물 댄 논에서 분주하게 움직일 적마다 반반한 논배미에 푸른 잎은 빠르게 색칠해 나간다.

마을 앞 황사평으로 가는 언덕배기에선 곱게 핀 찔레꽃이며 꽃대에서 풍겨 나온 짙은 꽃내음이 코를 찌른다. 봄이 저만치 물러가고 여름이 살며시 다가온 하지 무렵의 산야는 산빛이며 물빛이 오늘따라 더없이 곱기만 하다.

2021년 6월 29일 오후 4시경이다. 모처럼 수영장이나 갔다가 올까 하고 읍내에 있는 수영장으로 갔다. 우선 차를 주차장에 주차해 놓고 안으로 들어가서 수영장을 막 나와 차를 보니 자동차 앞부분이 크게 파손되어 너무나 황당했다.

누군가 차를 후진하면서 내 차를 박아버린 것이다. 우인도 위에 간단한 쪽지라도 남겨놓고 갔으면 내가 덜 서운할 터인데 소행이 너무나 괘씸했다. 내 차엔 다행히도 블랙박스가 있어 한편 마음은 놓였지만 난 범인을 찾아 합당한 보상을 받고 사과를 받아내고 싶어 우선 경찰서에 피해 사실을 신고했다.

차량 파손의 사고 건은 3일 뒤 내 블랙박스 영상에 의해 가해 차량이 밝혀졌고 가해자는 나이가 많은 고령의 남자 운전자였다. 그날 함께 수영장에 왔던 사람이며 정녕 나이가 많은 사람일 것이라는 직감은 했지만, 사고 당시엔 화가 많이 났던 게 사실이었다.

며칠 뒤에 사과와 함께 파손된 부분은 보험처리 하기로 해서 일단락되었지만 생각하니 맘이 씁쓸했다. 그때 만약에 내 차에 블랙박스가 없었으면 어떻게 되었을까? 물론 즉시 경찰이 조사하겠지만 시간이 많이 소요되었을 것이다.

내가 차에 블랙박스를 처음 장착했던 것은 2013년 봄의 일로 기억이 된다. 그날따라 순천 성가롤로병원에 아는 동생이 입원해 있어 문병차 다녀오다 정문 앞을 지나 막 큰 도로로 진입하는 과정에서 광양 방향에서 달려오는 차량과 접촉 사고가 났다. 상대방 차는 BMW 외제 차에 내 차가 끼어들기로 판명되어 약 300여만 원의 거금으로 보험처리하고부터이다.

난 그때 블랙박스가 없었는데 양 보험회사 직원들이 8대 2로 상호 간 잘잘못을 인정하여 보험처리를 합의 종용 처리 했다. 난 그 후로 보험료가 올라 상당한 물질적 손해를 고스란히 떠안아야 했다. 지금 생각해보면 입가에 쓴 미소가 든다.

내 차를 지켜주는 블랙박스 유래를 보면 처음에는 항공기 사고기록을 음성으로 남기는 장치였다고 한다. 그러던 것이 점점 진화하면서 자동차에도 장착하기 시작했다고 한다. 90년대 후반에 접어들면서 우리나라에서도 고급 차량 위주로 블랙박스가 드물게 장착되곤 했는데, 2010년 들어 다양한 블랙박스가 개발되면서 일반화 되어 널리 사용하고 있다.

이 블랙박스는 처음엔 차량 사고 위주의 사용할 목적으로 장착되었으나 언젠가부터 차량의 사고뿐만 아니라 각종 범죄예방과 검거에도 블랙박스가 톡톡한 역할을 하고 있다고 한다.

블랙박스가 없던 시절에는 차량간 접촉 사고는 큰소리 잘 치는 사람이 이길 때도 있었으니, 도로 위를 다니다가 종종 보면 사고 차량을 목격할 때가 있는데 운전자 상호 간에 서로 잘했다고 고함을 지르고 야단법석일 때가 있었다. 그러나 지금은 언젠가부터 그 광경은 쑥 들어가 버리고 오직 차량에는 저마다 마치 눈썹만큼이나 작은 칩 한 개만 있으면 그만이다. 그 칩이야말로 사고 당시의 상황이 고화질 영상으로 고스란히 나오기 때문에 꼼짝할 수가 없다.

참으로 요즘 최첨단 디지털 영상의 시대를 살아가고 있는 우리는 모든 것에 그저 감사하며 살아야겠다.

모내기가 이제 막 끝난 유월 하순의 들녘은 모두가 짙은 초록의 물결이다. 논, 밭이 그렇고 산이 그리고 강이 모두가 짙은 초록 색깔로 덧칠을 했다. 나무는 가지가 단단해지면서 잎새가 무성하게 어우러진다.

작년 겨우내 눈바람에 나목으로 혹독한 겨울이란 계절을 보낸 나무가 어느새 봄이 되어 훈훈한 봄기운에 새 가지며 잎새며 나무 모양을 갖추어 가더니만 무슨 기운을 받아서 그토록 우거진 나무로 변해

새들의 보금자리로 잡아가는가? 참으로 자연의 조화는 신비스럽고 또 보면 볼수록 풍성함이 더한다.

내가 매일 같이 마시는 공기이며 매일 먹는 맛있는 음식들, 이 모두가 우리 인간들에게만 조물주께서 특별히 주신 귀한 선물이며 덤으로 주신 복이 아닌가?

사람과 동물과의 차이는 먹고 마시며 움직이는 것은 다 똑같다. 다만, 짐승은 말을 못 하고 생각을 못 한다. 그러나 사람은 생각하며 말을 하도록 만들었다. 생각이 있기에 마음을 표출하고 생각이 있기에 서로를 동정하고 더불어 살아간다. 그러고 보면 사람으로 세상에 태어난 것 또한 하나님의 은혜가 아니겠는가?

해마다 맞이하는 봄이며 여름이지만 올해는 왠지 살아가기에 무거움이 더 앞선다. 작년 초에 불어닥친 코로나로 인해 사람들의 삶이 너무나 핍절 되었고 위축되었다. 서민들의 삶은 좀처럼 나아질 기미를 보이질 않고 있다. 그동안 천문학적인 국가재정이 투입되었지만, 한강에 몰 붓는 꼴이 되었고 갈수록 사람 살기가 힘들다고 한다.

그러고 보면 사람은 참으로 나약한 존재인가 보다. 그까짓 눈에 보이지도 않은 작은 바이러스가 작년에 이어 지금까지 온 지구상을 초토화 시키고 있으니 말이다. 처음 코로나 바이러스는 차가운 겨울에 발생해서 '봄, 여름이 되면 나아지겠지'라고 생각했지만, 날이 갈수록 더 기승을 부리니 이제 걱정이 앞선다.

다행히 백신이 개발되어 전 국민을 대상으로 예방 접종이 진행되면서 이제 그토록 인간을 괴롭혔던 코로나도 점점 물러가리라 더 나은 세상으로 보상되어 내 앞에 다가오리라 기도해본다.

　2021. 6. 30.

둠벙이 그립다

신록의 계절인 오월도 주야의 반복 사시의 변화 속에 어느새 서서히 사라져 버리고 이제 시절은 유월로 접어든다. 참 그놈의 세월 한번 빠르다. 오늘따라 저 멀리 산등성이에서 들려오는 쑥국새 울음소리가 내 젊은 시절, 그 시절의 소리와 똑같다. 그날도 오늘처럼 쑥국새가 울었으니까 말이다.

쑥국새는 산비둘기로 봄에 쑥이 새순이 날 무렵 "지-지 쑥국" 하고 구슬피 울기 때문에 붙여진 이름이라고 한다. 예나 지금이나 항상 들어도 그 구슬프게 들려오는 울음소리는 못내 그리움으로 들려온다.

우리가 날마다 먹는 주식인 쌀을 생산해내는 논에서 가장 중요한 것이 있다면 아마도 물이 아닌가 생각된다. 논과 물은 떼려야 뗄 수가 없는 관계이기 때문이다. 지금은 대부분 논이 경지정리가 잘 되어있고 급수시설 또한 잘 되어있어 나의 젊은 시절 논배미 가에 있던 둠벙은 대부분이 경지정리로 다 묻혀버려서 이젠 볼 수도 없는 둠벙이었지만 사십 년 전에 둠벙이 있는 논이면 상답으로 가격도 비쌌다.

우리 마을에는 마을 앞들에 긴 둠벙, 한 둠벙, 발동기 둠벙, 황사둠벙, 참샘둠벙 등 논배미 여기저기에 갖가지 이름으로 둠벙들이 있었다. 그 가운데 우리 집 논에 보물과도 같은 '쏘둠벙'에 얽힌 사연은 오랜 세월이 지나도 영영 잊을 수가 없다.

'쏘둠벙'은 둠벙 주위 30여 마지기 논에 물을 대주는 참 귀한 둠벙
이었다. 둠벙의 생김새는 남과 북으로 길게 자리하고 있는데 둠벙 아
래 너 마지기 논은 모내기를 할 때마다 드레질로 물을 퍼서 모내기 작
업을 하고 또 심어진 논은 바닥이 마르지 않도록 종종 물을 대 줘야
한다.

햇볕이 내리쬐는 여름날이다. 엊그제 막 심은 논에 모들이 시들시
들해지고 논바닥에 금이 가서 말라 죽는 것을 대비 이른 아침부터 드
레질을 했다. 그 드레질이란 참 힘든 작업이었다.

드레질이란 둠벙 양쪽에서 두 명이 한 조가 되어 물을 퍼 올리는
작업이다. 그 드레로 물을 퍼 올리는 작업은 서로가 호흡이 잘 맞아야
만 한다. 서로의 힘의 균형이 잘 들어맞아야만 물을 잘 퍼서 올릴 수
있기 때문이다.

그런데 난 어린 시절부터 농촌에서 태어나 소작농을 하신 부모님
들의 드레질 하는 모습을 보아 잘 알아서 요령 있게 드레질을 할 수가
있었지만, 그 무렵 나에게 이제 막 시집온 아내는 도시에서 살아왔던
처녀로서 드레질이란 정말 생소한 일이었다.

그 힘든 드레질을 한 두 시간하고 나면 뱃살이 움푹 들어가면서 배
고픔을 느껴온다.

지금처럼 각종 먹거리가 없던 시절이라 대부분 간식은 보리로 만
든 깨떡이었다. 그 보릿가루를 비벼서 만든 단순한 깨떡이지만 그 시
절엔 어찌 그리도 맛이 있었던지…… 우리말에 젊을 때 고생은 사서

라도 한다고 했던가? 그때는 물질이 늘 부족한 시절이라 쌀농사를 애써 지으면서도 일부 부잣집을 제외하곤 대다수 농부의 주식 형편은 지금처럼 하얀 쌀밥을 먹기란 보기 드문 일이었다.

일 년에 저마다 돌아오는 제삿날이나 생일날, 그리고 명절날이면 저 창고 깊숙이 넣어두고 아끼고 아껴둔 쌀로 밥을 하여 식구들에게 먹였으니 참 생각하면 서러운 시절이었다. 그 시절에는 쌀이 정말 귀한 시절이었다. 정작 쌀밥을 먹어야 할 대다수 농부들은 집이 가난했기에 어쩔 수 없었던 시절인지 모른다.

모든 경제의 척도가 쌀로 환산되었던 시절이었으니 그럴 수밖에 아버지는 5일마다 돌아오는 장날이면 간간이 휘어진 허리 등에 쌀을 메고 읍내 장으로 나가신다. 난 어린 나이였지만 쌀을 등에 메고 나가시는 아버님의 뒷모습을 바라보곤 했다.

그런 힘겹고 일마저 고달팠던 시절에 늘 상 봐오면서 자라 왔기에 오랜 세월이 지났지만 잊히질 않는다. 난 나중에 크면 돈 모아서 집안을 좀 부자로 만들어 살고 싶었다. 그래서 우선 돈을 모아야겠다는 굳은 신념으로 저축성이 강했던 게 오늘 나를 남에게 손 빌리지 않고 잘 살게 되었던 계기가 아닌가 싶어진다.

둠벙의 물을 다 퍼 올리고 물이 다 없어지면 붕어, 피라미, 미꾸라지 등 각종 물고기가 팔딱거리며 날뛴다. 그 시절에는 요즘처럼 비료도 귀했고 특히 농약이 없었던 시절이라 둠벙에 물고기가 참 많았던 시절들이었으니 일은 힘들고 고달팠지만 그래도 넉넉한 인심이며 자연산 물고기를 맘껏 먹고 했으니 생각하면 감회가 새롭다.

우리 어머님은 물고기 요리를 무척 잘하신다. 그중에서도 미꾸라지 추어탕을 잘 끓이셨으니 미끈하고 비릿한 맛을 없애기 위해 호박잎을 따다 미꾸라지를 담은 바구니에 넣고 소금을 뿌려 후 두둑 씻은 다음 된장을 풀어 시래기를 듬뿍 넣고 맵게 끓인 추어탕의 맛은 두고두고 잊을 수가 없다.

'쏘둠벙' 가는 길에는 여기저기 밭이 있는데, 밭두렁에는 커다란 이팝나무가 듬성듬성 서 있고 찔레꽃이 해마다 모내기 철이면 피어있다. 이팝나무가 잘 피면 그해에 풍년이 든다고 어른들은 말씀하셨다.

나이 어린 시절에 보아도 그 커다란 이팝나무는 참 어릴 때 보아도 웅장하다. 오월이면 어찌나 이팝나무꽃이 화려하던지 보기에도 참 좋다 하얀 꽃잎들이 마치 쌀처럼 생겨 쌀밥나무라고 부르기도 한다.

이팝나무 군락을 한참 지나다 보면 논으로 가는 언저리에 찔레꽃들이 짙은 향기를 풍긴다. 또 그 곁에는 감나무에 노란 감꽃이 대롱대롱 달려있다. 찔레꽃이 채 피기 전 찔레순을 따서 먹으면 그 맛이 무척 달착지근하다. 또 지천에 서 있는 감나무에 달린 감꽃을 기다란 줄에다가 끼어놓고 한 개씩 야금야금 먹던 시절엔 어찌 그리도 먹을 간식거리가 없었던지 모든 것이 친환경으로 자연식 그대로였다.

둠벙 위로 약 50여 미터 지점에 우리 논 서 마지기 논배미가 있는데 천수답이었다. 해마다 벼농사를 짓기 위해선 하늘에서 큰비가 와야 논에 이앙을 할 수가 있다. 비가 없는 가뭄이 든 해이면 지어야만 했다.

어느 해였던가 봄부터 내린 잦은 비는 정작 농사철인 유월이 되니 단 한 방울도 내리지 않았다. 아버지는 조금만 기다려 보자 하고 비가 오길 학수고대하고 기다렸으나 그 후로는 영영 비가 오질 않는다.

당시 그러잖아도 쌀이 소중한 시절이라 명색이 논으로 지어져 온 것을 밭으로 변하여 밭농사를 심기엔 너무나 아까웠다. 그래서 생각 끝에 농사 비용이 다소 들더라도 둠벙에 물을 퍼놓자고 하셨다. 일은 많이 힘들더라도 사람을 또 많이 붙여 이중으로 드레질 작업을 해서라도 모내기를 하자고 말씀하셨다.

우리는 아침 일찍 논으로 나가 둠벙에 고여있는 물을 이중으로 드레질을 하기 시작하여 그 작업은 하루 내내 이루어졌다. 비가 귀한 시절이라 둠벙물은 금세 바닥이 나기 일 수여서 작업이 수월하질 않았다. 힘은 힘대로 들고 작업은 능률이 오르질 않았지만 우리는 하루 내 열심히 물질을 해서 가까스로 모내기를 할 수가 있었다.

시들시들 말라가는 누런 모 포기에 물을 대어 파랗게 회복하게 한 일은 도랑 치고 가재 잡고, 둠벙 푸고 고기 잡던 1석 2조의 내 어린 순수한 추억이었다.

지금은 경지정리 한 뒤라, 둥벙은 아예 메워버렸다. 따라서 물꼬를 막고 둠벙 푸는 일은 없어졌고, 추어탕을 끓여 이웃 간에 맛있게 나눠 먹던 추억들은 이젠 찾아보려야 찾을 수가 없게 되었다.

저 멀리서 간간이 들려오는 뜸부기 울음소리가 오늘따라 내 귓전을 세미하게 울리며 유월의 햇살 속으로 아스라이 사라진다. 못내 그립고 애절한 추억들이여!

2021. 6. 10.

오월의 들판에서

차창 밖으로 펼쳐지는 오월의 들녘은 온통 연초록 물결이다. 오늘이 절기상으로 여덟 번째 맞이하는 소만(小滿)이다. 소만이라는 절기는 본격적인 농사철이 시작되는 시점으로 햇볕이 풍부하고 만물이 점차 성장하여 가득 찬다는 의미가 있는 절기라고 한다.

계절의 여왕 오월은 그 어디를 가나 찬란한 연회장이다. 엊그제만 해도 마당 한쪽에선 빨간 앵두나무며 탐스러운 목련화, 함박꽃들이 아름다운 꽃봉오리를 맺으며 활짝 피어 내 안에 고운 향기로 가득 미소 머금고 서 있었는데, '화무십일홍(花無十日紅)'라고 했던가. 어느샌가 멀리 사라져 버렸다.

이젠 빛바랜 담장 아래 담쟁이덩굴이 제철이라도 만난 듯 연한 가지를 내더니만 칭칭 잡나무들을 감고 단단한 블록 담벼락에 못을 박으며 기어 올라간다. 그전에는 이웃집 간의 경계 울타리가 토담으로 있을 때는 담쟁이덩굴이 담장을 칭칭 감는 바람에 담이 무너지는 것을 조금이나마 방지해주는 역할을 했다고 하는데 지금은 시멘트 블록이나 벽돌로 담을 설치하는 바람에 담쟁이덩굴은 이젠 별로 하찮은 존재가 되어버렸다.

담쟁이라는 생각을 하니 갑자기 도종환 시인이 썼던 담쟁이 시가 생각난다.

저것은 벽

어쩔 수 없는 벽이라고 우리가 느낄 때

그때

담쟁이는 말없이 그 벽을 오른다.

물 한 방울 없고 씨앗 한 톨 살아남을 수 없는

저것은 절망의 벽이라고 말할 때

담쟁이는 서두르지 않고 앞으로 나아간다.

한 뼘이라도 꼭 여럿이 함께 손을 잡고 올라간다.

푸르게 다 절망을 덮을 때까지

바로 그 절망을 잡고 놓지 않는다.

(이하 생략)

휘황찬란했던 그 많던 꽃들은 어디로 가 버리고 그 자리엔 다시 오월의 고운 장미가 촘촘히 피어난다. 오늘따라 싱그러운 햇살을 받으며 장미 향이 너무 짙어 내 콧잔등을 더욱 감미롭게 한다.

대자연의 섭리는 단 한 치의 오차도 없다. 해마다 이맘때이면 말없이 내 곁에 찾아온 오만가지 꽃들이 오늘따라 내 안에 하얀 그리움으로 다가온다. 작년에 이어 오늘까지 이 땅에 코로나19 팬데믹으로 지구촌 수많은 사람이 그 얼마나 죽어 나가고 고통에 시달리고 있는가 이런 때 이 고운 꽃들만큼 나를 위안 해 줄 것이 무엇이 있겠는가?

지리산 자락에서 갑자기 쑥국새 울음소리가 들려온다. 쑥국새는 오월이면 그 울음소리가 더 구성진 것 같다. 아마도 들녘에 모내기를 빨리하라는 저만의 신호 소리라도 되는가 그러잖아도 바쁜 농부들 맘을 더 바쁘게 하는가 싶다.

우리 사회가 애당초 농경사회에서 지식정보화 사회를 거쳐 지금은 최첨단 디지털 시대에 살고 있다. 모든 것이 자동화 사업으로 나아가고 있는 추세이다.

다만 내가 어린 시절 그러니까 70~80년 시대에만 해도 해마다 영농철, 그 가운데서도 모내기철이라도 되면 지금처럼 경지정리가 안 된 대부분 논들은 손으로 일일이 모내기를 해야 했던 시절이었다.

비라도 오는 날이면 우장을 쓰고 일을 했는데 그 우장이란 것이 짚으로 엮어서 만든 것으로, 비를 맞을수록 더 무거워진다. 그러나 비바람이라도 치는 날에는 또 '우장'만한 게 없었으니 우선 시간이 지날수록 몸에 따스함을 느끼게 한다. 그런 가운데 여럿이 모여 모내는 일을 할 적이면 난 어른들 뒤에서 모 다발을 논으로 나르는 작업을 하곤 했는데…….

그 시절 잊지 못할 한 가지 추억이 있다면 지금은 잘 보이지도 않지만 시커먼 거미리란 놈이 어찌 그리도 무섭고 얄밉든지 그 시절엔 오늘날처럼 비닐이란 물질이 없던 시절이라 물 장화도 없던 시절이었다.

그냥 맨다리로 논에서 작업을 할라치면 어느샌가 살며시 다리에 달라붙어 아까운 피를 빨고 있는 그 거머리 그 어린 시절에 보는 그 거머리 얼마나 징그럽고 얄밉든지 그러잖아도 제대로 못 먹고 못 입

158

던 시절 야윈 다리에 꼭 달라붙어 피를 빨고 있는 모습을 회상해보면 오랜 시간이 지난 지금도 얄밉다.

부잣집에 많은 논에 모내기라도 하는 날이면 그날은 온 동네 잔칫날이 되기도 한다. 들녘 여기저기서 모내기하랴 보리타작하랴, 바쁜 시기라 온 들판에는 일하는 농부들로 꽉 메운다. 일을 하다가 새참 때라도 되면 논두둑에 여기저기 빙 둘러앉아 막걸리 곁들어 술 한잔 꿀꺽하며 정겹게 밥을 먹곤 했다.

또 아직 모내기 준비가 덜 된 논에선 모내기를 위해 농부들의 구령에 맞춰 쟁기질하는 누런 황소는 힘겹게 쟁기를 끌고 가는 모습 지금도 눈에 선하다. 이제 세월은 잘도 흘러 내 나이 어느새 칠십을 훌쩍 넘어가니 오늘따라 새삼 세월의 무상함에 나도 모르게 저 멀리서 못내 아쉬움 한 가닥 그리움이다.

아! 지나간 내 젊은 시절들이여!

오월의 잎새들을 보면 내 맘까지 젊어진다. 헝클어진 지난겨울을 빗질하고 순하디순한 연초록 나뭇가지며 잎새들, 살랑살랑 흔들어 대는 따스한 바람결에 몸을 비비며 사뿐사뿐 움직이는 푸른 잎새들의 춤사위, 연두도 짙은 초록도 아닌 저 아름다운 자연을 그 누가 만들었을까?

세실 프린시스 알렉산더는 시 「모든 것이 지나간다」에서 '일몰의 아름다움이 한밤중까지 이어지지 않는다'라고 말했다. 작년부터 시작된 지구의 대재앙인 신종코로나19 감염병 바이러스와의 전쟁은 하루 빨리 사라져 버리고 모든 것이 다시 일상으로 돌아와 사랑하는 내 가족 정겨운 친구들 함께 오순도순 얘기 나누며 오월의 햇살 한 줌, 싱그러운 바람 한 다발 맘껏 마시고 싶다.

2021. 5. 21.

서성이는 가을을 보며

시절은 한로(寒露)가 지나고 이제 겨울의 초입에 들어선다는 입동(立冬)이란 절기가 코앞에 다가온다. 차창 밖으로 펼쳐지는 10월의 들녘은 예쁜 황금물결로 덧칠한 오곡백과가 넉넉한 가을 햇살에 온통 황금물결로 넘실거린다.

10월은 결실의 계절, 수확의 계절이라고 했던가? 봄내 밭 갈고 씨 뿌려 온 들녘은 파릇파릇 봄 내음 물씬 풍기며 연초록 물결이더니만 뜨거운 햇살 받으며 진한 녹색으로 무성하게 자라란 여름이 이제 저절로 다가온 가을과 함께 어느새 수확의 계절이 되었다.

대 자연의 섭리는 해마다 단 한 치의 어긋남도 없이 낮과 밤이 교차 되면서 계절의 순환 속에 세월은 부지런히도 내 곁을 오간다.

황금으로 가득 채운 넓은 들녘에선 군데군데 콤바인이 지나가며 벼 수확하는 모습이 우렁차게 들려온다. 알곡으로 가득 찬 들녘 한쪽에 앉아 콤바인 작업하는 모습을 먼발치에서 바라보니 감회가 새롭게 느껴진다.

문득 지난 7, 80년대 내 어린 시절, 농사짓던 일들을 잠시 회상해본다. 지금처럼 영농 기계화가 이루어지기 전이니 그 시절은 참 고단하게 농사를 지었다. 오직 손으로 하던 시절이었으니, 해마다 유월이면 흙탕물로 가득 찬 무논에서 허리 펼 새도 없이 힘들게 했던 모내기 작업, 김매기 작업을 거치면서 힘들게 가꾼 벼는 10월이 되면 수확의 기쁨이 기다리고 있다. 모든 일을 오직 수작업으로 해냈으니 얼마나 고달픈 일이었으랴 돌이켜 생각하면 오로지 젊음이 있었기에 해내었으리라 싶다.

어디 모내기 작업뿐이랴, 지금은 보리를 가는 농가들이 별로 없어 작업하는 모습을 잘 볼 순 없지만 내 지난날 젊은 시절엔 농촌의 대다수 농가에선 보리를 많이 재배했다. 그 시대는 주식의 주곡이 자금처럼 쌀이 아니라 보리였으니, 해마다 6월 초순부터 보리 수확을 하는데 보리타작하는 작업은 정말 힘들고 고통스러운 일이었다.

뜨락에 가을 햇살이 살포시 내려앉는다. 만물이 파릇파릇 연한 봄기운 따라 아지랑이 우거진 곳에선 쑥국새 울음소리가 구성지게도 들리더니만 가을바람 나부끼는 숲속에선 언젠가부터 쑥국새 울음소리가 들리지 않는다.

지리산 자락에서 살랑살랑 불어대는 가을바람은 이제 겨울을 재촉하는 바람일까? 그토록 초록빛으로 무성하던 떡갈나무 잎새들이 노란색으로 덧칠하면서 단풍이 되어 산비탈을 구르는 소리 내 시야에 들어온다.

이끼로 내려앉은 바위틈새로 앙증맞은 다람쥐란 놈은 저 혼자 신이 났다. 긴긴 겨우살이 준비라도 하는지 상수리나무 그루터기 사이사이를 오가며, 날렵한 몸으로 밤, 도토리 열매를 볼이 터지게 입에 물고 어디론가 감추고 있다.

10월은 결실의 계절, 또 수확의 계절이라고 했던가? 논, 밭에 가득 찬 빼곡한 알곡들이 풍요로움을 더한다. 재작년, 작년, 연 이태 동안 태풍으로 폭우로 농사를 망쳐 70여 평생 벼농사를 짓는 내가 식량을 사서 먹었다는 사실, 생각해보면 나도 모르게 입가에 쓴 웃음이 저절로 나온다.

농사란 뭐니 뭐니 해도 하나님의 도우심이 없이는 풍년 농사를 기약할 수 없다. 우순풍조(雨順風調) 시절이라야 농사짓기가 수월하며 또 적당한 시기에 씨앗을 뿌리며 가꾸어야 한다는 것이다.

이제 들녘에 가득 찬 벼들도 저 멀리서 다가오는 겨울이 눈 흘기며 가을을 저만치 밀어내고 있다. 아직 수확이 덜 끝난 논에선 서둘러 콤바인의 우렁찬 엔진소리에 벼들은 기계속으로 들어갔다가 다시 탱글탱글한 벼알들로 가마니에 수북이 담긴다. 참 좋은 세상이다.

올 10월은 유난히도 변덕스러운 계절인가? 엊그제는 갑자기 겨울에나 있을법한 한파가 몰아닥쳐 내 눈을 어리둥절하게 한다. 이렇게 차가운 날이면 나도 모르게 지난날 내 어린 시절에 보았던 목화꽃이 보고 싶다.

초가을에 피는 목화꽃은 더 아름답다. 봄에 씨 뿌려 여름 내내 자라난 목화는 해마다 이맘때가 되면 주렁주렁 달린 열매가 터지면서 그 안에 있던 목화는 하얀 솜털로 피어난다.

나 어릴 때 우리 집은 목화를 많이 재배했는데, 집 뒷밭 600여 평의 목화밭은 해마다 8~9월이면 아직 덜 익은 열매(다래)가 주렁주렁 열리는데, 지난 5, 60년대 아이들은 별 간식거리가 없던 시절에 다래라는 열매를 따서 먹곤 했는데 갓난아이 손등처럼 생긴 부드러운 다래는 단물이 나면서 참 맛이 있었다.

　목화는 무명으로 실을 뽑아 옷 만들 때 이용되었는데, 당시 사람들의 옷감은 대부분이 목화솜에서 나온 면이었다. 목화에서 실을 뽑는 작업은 아낙네들의 힘든 수작업을 거치면서 실을 뽑았는데, 우리 할머니 물레 돌리면서 실을 뽑고 어머니는 베틀 위에 앉아 밤새 찰칵찰칵하며 베를 짜던 소리가 마치 엊그제 일처럼 생각난다.

　날씨가 춥기라도 하는 때이면 솜털처럼 포근한 하얀 면이 더없이 생각난다. 살에 찰싹 달라붙어도 전혀 부작용이 없고 입으면 입을수록 따스한 면이 얼마나 좋은가? 난 어릴 때부터 면을 좋아한 것이 나이가 노년에 들어가면서도 면 종류의 옷을 참 좋아하고 있다.

　지나간 일들은 모두가 아름답고 못내 그립다고 했던가? 그 험난한 시절 못 먹고 못 입고 사셨던 우리 어머니, 낮에는 종일 논, 밭에서 힘든 일 하시고 밤이면 또 자식들을 위해 베틀 위에 앉아 밤새도록 베를 짜시던 어머님을 생각하니 나도 모르게 목울대가 아려온다.

　늘 내 곁에서 한없이 지켜주실 것만 같던 나의 어머니! 이젠 영원히 뵐 수 없는 보고픈 나의 어머니! 그 고생 다 잊으시고 먼저 가신

저 하늘에 아버님과 편안히 영면하소서.

2021. 10. 20.

임플란트(implant) 유감(遺憾)

봄을 나누고, 낮과 밤의 길이가 똑같다고 하는 춘분(春分)날의 날씨
는 살랑대는 봄바람에 햇살마저 참 아름답다. 자연은 어찌 해마다 단
한 치의 어긋남도 없이 내 곁을 오가는가?

최근 지구촌에 이상기후 현상인지 작년 겨울엔 내내 눈다운 눈이
며, 비 한 방울 안 내린 건조한 날씨가 이어지더니만, 지난 3월 초, 강
원도, 울진, 삼척 강릉 지역에는 큰 산불이 발생 10여 일간의 긴 산림
화재로 수많은 산림이 불타 없어져 버렸고, 주택 또한 수백 채가 타버
려 큰 화마가 할퀴고 간 지역엔 하루아침에 삶의 터전을 잃고 많은 이
재민이 발생 간신히 몸만 빠져나와 임시로 마련된 천막에서 지내는
참담한 모습을 보니 국민의 한 사람으로서 너무 맘이 아프다.

더구나 지난 2020년 연초부터 중국발 코로나19 돌림병이 온 지구
촌에 찾아와 내 나라 네 나라 할 것 없이 장장 3년째 접어들면서도 아
직도 그 기세가 종식되기는 고사하고 날로 확산이 되어가니 사람들의
삶이 너무 고달프다.

돌림병이 날이 갈수록 더 확산하는 바람에 온 세계가 팬데믹에 빠
져 온 지구촌이 큰 야단법석이다. 하루에도 수만, 수십만 명이 감염되
어 병실까지 부족 응급환자들이 제때 병원 치료마저 받지 못한 채 죽
어 나가는 현실을 보고 듣노라면 지금 내가 살고 있는 세상이 마치 생

지옥처럼 느껴지는 것은 나만의 생각일까?

이러한 와중에도 이 봄은 올해도 한치의 어김 없이 때를 따라 내 곁에 찾아 왔지만, 맘이 무겁기만 하다. 코로나바이러스들이 자꾸만 신종으로 변이가 되어 아무리 예방백신주사를 맞고 해도 별 소용이 없다. 이젠 정녕 인간의 힘도 한계에 온 것 같다.

봄은 사계절 중에 맨 먼저 찾아온다. 봄을 알리는 계절의 전령사인 노란 산수유꽃이 반곡마을 나지막한 돌담길을 가운데 두고 흐드러지게 피었지만, 다른 때 같으면 수많은 인파로 발 디딜 틈이 없을 터지만, 코로나가 몰고 온 여파에선지 거리는 그저 한산한 채 저들만이 화려한 봄의 왈츠곡, 춤사위가 너무 황홀하다.

나는 나이 어려서부터 잔병치레를 어지간히도 많이 했던 사람 중 한 사람이다. 그 잔병들이 나이가 들면 좀 나으려나 했지만, 그건 나의 조그마한 기우에 불과했다. 특히 어릴 때부터 치아가 안 좋은 탓에 음식을 제대로 씹어먹질 못해 위장으로 내려가는 소화력이 약해지면서 위까지 안 좋아 일년내내 위장병약을 달고 살아야 했다.
나이 육십이 넘도록 이빨 때문에 큰 고통을 받고 살았던 원인은 가만히 생각해보면 오래전에 돌아가신 할머니가 어린 나에게 독한 민간약초 오용 때문이라 생각한다. 난 어린 나이 때부터 어머니의 품속보다 할머니의 품속을 더 의지하면서 할머니의 애지중지 속에 자란 사람이다.

그것은 아마도 내 위로 형들이 두 명이나 일찍이 홍역 등 돌림병으로 죽었고, 그 뒤로 내가 태어났는데 나 또한 태어날 때부터 온갖 잔병치레로 한 달에도 수차례나 죽었다가 또 깨어나는 바람에 어른들의 상심은 너무 컸으리라. 특히 우리 집은 종갓집으로 대를 이을 남자들이 어린 나이에 죽어 나가니 얼마나 애간장을 녹였으랴 싶다.

난 이러한 가정환경 속에 자라나면서 부모에게 받은 선천적인 유전 때문인지는 모르겠으나 어려서부터 이빨이 안 좋아 이가 아플 적마다 칭얼대고 울어대니 어머니나 할머니의 맘이 얼마나 쓰리고 아프셨으리라! 그러나 그 시절만 해도 오늘날처럼 병원이 없던 시절이라 대부분 병이라도 나면 맨 먼저 한약방으로 달려갔고 또는 대다수가 민간요법으로 다스리던 때였다.

할머니는 내가 이빨이 아프다고 칭얼대고 울 적마다 때로는 파 뿌리를 짓이겨 아픈 이빨속에 넣고 통증이 멈추기를 기다리기도 하셨고, 어느 때는 마늘을 조각내어 이빨속에 넣어 두게 하시는 등 별의별 민간요법은 다 써 보았지만 내 이빨 아픈 증세는 좀체 낫질 않았으니 할머니는 얼마나 속이 탔으랴!

언젠가 하루는 이가 몹시 아프던 날 할머니는 마을 뒤 장검으로 달려가시더니 바위에 붙어있는 파란 독버섯을 한 줌이나 벗겨 오셨다. 난 할머니에게 그것 뭐하게? 물으니 누가 그러는데 이 아플 적에는 이 파란 독버섯을 물에 푹 삶아서 입에 머금고 있으면 다신 이빨이 안 아프단다 하시면서 나에게 달인 독버섯 물을 입에 머금고 있으라고 하셨다. 난 할머니가 시키는 대로 했다.

그 뒤로 난 이빨이 아플 적마다 몇 번이나 독버섯 파래 달인 물을 입에 머금고 했는데 신기하게도 그 뒤론 다시 이빨이 아프질 않았다. 그때 난 이 모든 게 할머니의 지극 정성이며 은덕이라고 생각했다.

그러나 나중에 안 일이지만 할머니가 이 민간요법으로 내 이빨을 낫게 했던 것은 참 그때는 우선 아프던 이가 안 아프니 퍽 다행한 일이라 생각했지만, 모든 일이란 순기능이 있으면 역기능이 있다고 했던가? 그 일로 인해 내 나이 서른이 채 안 되어 세월이 지나가면서 먼저 아래 이빨들이 한 개, 두 개씩 부스러지며 뿌리가 검게 썩어 가더니만, 몇 년이 채 안 가서 윗니까지 시나브로 부서져 버렸다.

할 수 없이 난 젊은 나이인 30대부터 수차례에 걸쳐 틀니를 했는데 그 뒤론 난 이빨 때문에 트라우마까지 생겼다. 할머니가 날 어린 나이 때부터 지극 정성으로 사랑한 것은 좋았으나 하도 귀한 손주가 이빨 통증으로 고통을 당하고 있는 짠한 모습을 차마 볼 수 없어 어린 나에게 극약처방으로 독버섯 파래 달인 물을 머금게 한 탓에 내 이빨이 일찌감치 못쓰게 된 것은 두고두고 내 삶의 질마저 떨어졌지만, 그러나 분명한 것은 오랜 세월이 지난 지금도 할머니에 대한 후회는 손톱만큼도 없다.

우리나라에 임플란트가 도입된 것은 지난 1980년대 들어 극히 일부에서 시작된 이래 그 후 비약적으로 발전해 왔는데 1994년 김수홍 박사가 국내 최초로 개발 국산화에 성공하면서 계속 발전하여 2000년대에 들어와서 보편화되었다고 한다.

난 눈부시게 발전한 임플란트 수술 방법의 개발로 인해 지난 몇 년 전 턱뼈에 구멍을 뚫고 임플란트 삽입술을 해서 이제는 모든 음식을 잘 먹는다. 오늘따라 오십오 년 전, 하늘나라로 가신 할머니가 유난히도 큰손주인 나를 각별하게도 따스한 정을 주셨던 그때의 모습이 영영 잊히질 않는다.

과거지사는 여명경(過去之事如明鏡)이라고 했던가? 어느덧 내 나이도 칠십 고개를 넘어간다. 언젠가부터 가끔이면 장검 밭 어귀 한 모퉁이에 영면하고 계신 할머니 묘소 앞에 앉아 내 어린 시절 그토록 할머니한테 애간장깨나 녹이고 속상하게 했던 일들을 회상해보니 못내 아쉽고 나도 모르게 목울대가 아려온다.

2022. 3. 21. 봄에.

봄은 내 안에

묵은해를 보내고 새로운 해를 맞이한다고 하는 송구영신 예배를 드렸던 일들이 마치 엊그제 같은데, 주야의 반복 사시의 변화 속에 시절은 어느새 산빛마저 고운 3월의 하순이다.

세월은 어찌 이다지도 잘도 지나가는가? 해마다 이맘때이면 대자연은 내 곁을 저절로 오가지만, 한 번 가 버린 사람은 다신 오질 않는다. 그러기에 자연은 무한이며, 사람은 유한이라고 했던가?

오늘따라 섬진강 초입에 들어서는 서시천을 따라 길게 늘어선 노란 개나리며, 제철 만난 벚꽃이 호화찬란 흐드러지게 피어있다. 살랑대는 봄바람 따라 처녀 유방처럼 생긴 하얀 꽃망울 산수유 군상들, 저절로 감탄을 자아낸다.

어디 그뿐이랴! 구례골은 국도 19호선인 하동선을 따라 쌍계사로 들어가는 도로는 사방 곳곳에서 꽃을 보기 위해 찾아오는 긴 차량 행렬이 모처럼 만에 텅 빈 황량했던 농촌 마을이 금세 대도시에서나 볼 법한 꽉 막힌 주차장으로 변해버렸다.

구례는 '자연으로 가는 길'이란 슬로건을 내세워 사계절 내내 산 좋고 물 맑으며 공기마저 좋은 청정지역으로 사람과 자연이 함께 공존하며 힐링하기에 참 좋은 명소가 되었는데, 지난날 일찍이 지방자

치가 시행되면서 관광사업 육성을 위해 많은 노력을 기울인 결과 관광특구답게 그동안 많은 투자를 했고, 지금도 계속 진행 중이다.

나 어릴 때 해마다 가까이에 있는 하동 쌍계사로 가는 십여 리 길에 펼쳐진 벚꽃을 보러 간다고, 많이들 나다녔는데, 이젠 그 벚꽃길도 그동안 오랜 세월이 지나면서 고목으로 변해버려선지 꽃들이 빛바랜 것처럼 보이고 가는 길이 너무 협소해 통행마저 어려워 찾는 이가 해마다 줄어드는 추세라고 한다.

차라리 이젠 내가 살고 곳곳마다 훨씬 더 벚나무가 많이 있어 꽃구경을 하기에 훨씬 더 좋은 명소로 자리매김하면서 해마다 찾는 이가 더 많아지고 있어 흐뭇하다. 특히 해마다 삼월 하순 무렵이면 문척에서 오산 사성암으로 가는 길은 아름드리 벚나무들이 섬진강 변 도로를 따라 나란히 심어져 눈부시게 아름다운 꽃들이 보기만 해도 답답한 가슴까지 뻥 뚫어지게 한다.

또 간전면 소재지를 지나 하동포구로 가는 하천리 도로는 벚꽃길이 더 아름답다. 섬진강에서 은어가 튀어 노니는 모습이며, 수달생태계 지역으로 앙증맞은 수달의 재롱을 보노라면 사람은 더불어 사는 존재라는 의식이 저절로 들어간다. 어디 그뿐이랴! 잔잔한 물 위로 가느다란 물살 가르며 지나가는 물새 떼들, 섬진강 따라 펼쳐지는 은 모래 백사장을 바라보면 그 정경이 너무나 아름답고 내 안에 답답한 속마음까지 탁 트이는 기분이 든다.

지난 2020년 초였던가? 처음엔 별로 대수롭잖게 여겼던 신종코로나

19 감염병이 3년째 접어들면서 사람들의 마음은 지칠 대로 지쳐있고 모든 것을 제한받고 살아갈 수밖에 없는 일상의 틀 속에서 사람들의 고통은 너무나 가혹했으며 돈 없는 민초들의 삶은 너무나 고달팠다.

사람은 사회적 동물이라고 한다. 그런 종류의 사람들이 코로나 감염병이 찾아오면서 정부에선 감염병 예방 차원에서 사회적 거리두기를 시행하면서 서로 간에 모이지도 못하고 대화마저도 제약받으며 살아야 했고, 특히 사랑하는 가족끼리도 잘 만나지도 못하는 안타까운 현실을 보면 더 말해 무엇하랴 싶다.

그러나 제아무리 세상 사람들의 살아가는 환경들은 변하고 또 변한다고 해도 하늘이 준 대자연의 질서는 단 한 치의 어김도 없다. 차가운 겨울이 가는가 싶더니만 이젠 남녘에서 훈훈한 봄바람이 불어오면서 앙상한 가지에서도 지순한 움이 트이고, 나무에 물들이 오르면서 아름다운 꽃들이 서로 시샘이라도 하는 양 여기저기에 흐트러진 꽃봉오리들이 오늘따라 너무나 탐스럽다.

누군가는 우리네 삶을 순환 열차라고 했다. 삶은 끝없이 달리는 열차와 같다고 하는 뜻에서 붙여진 이름인듯한데, 그 순환 열차를 타고 가다 보면 때론 기쁘고 행복한 날도 있고 우울하고 슬플 때도 있고 생각대로 일이 잘 풀리질 않을 때도 있다.

필자 역시 지난 3년여 동안 몸 건강에 위험신호가 찾아와 곧 죽을 것만 같은 심정으로 하루하루를 정신력으로 버틴 적이 있었다. 지금은 몸이 회복 중이지만, 사람들의 삶이란 나이가 들어가면서 육체적인 병뿐만 아니라 마음의 병까지 찾아와 큰 고통을 받곤 하는데 나 역시도 지난 3년 동안 평소 지병인 우울증이 재발하여 큰 고통 속에 지난 3년을 지낸 것 같다.

　사람은 누구나 오래 사는 삶보다는 하루를 살더라도 평안하고 행복한 삶을 추구할 것이다. 근대에 들어서 초고령화 사회가 시작되면서 요즘 노인이 머무르는 시설들이 초만원 사례라고 한다. 나 어린 시절에는 부모님이 아프거나 누워있으면 그 수발(간병)은 대부분이 큰아들, 큰며느리의 몫이었는데 그런 유례도 언젠가부터 자녀들 모두가 똑같이 봉양의 책무를 지도록 했다.
　늦은 감이 있지만 참 잘한 제도라고 난 생각하고 있다. 큰아들, 큰며느리가 무슨 죄인가? 그 일만큼은 참 잘된 듯하다. 요즘 노인들의 삶이 너나 할 것 없이 갈수록 더 외롭고 쓸쓸하다고 한다. 코로나가 장기화가 되면서 노인들이 맘 놓고 놀 수 있는 공간이 없어 너무나 답답하고 외로워한다고 한다. 그 외롭고 쓸쓸함은 자칫 노인 우울증으로 이어지기 쉽기 때문이다.

　이제 3월도 다 지나가고 머잖아 4월이 다가온다. 이제 그 지긋지긋한 코로나 전염병도 서서히 사라지고 머잖아 종지부를 찍으리라, 그동안 긴 세월 동안 정겨운 이웃들은 물론 사랑하는 가족마저 맘대로 만나지도 못하고 특히 사랑하는 가족이 요양원이나 병원에 누워있어도 문병마저도 제한을 두는 바람에 너무나 세상이 삭막해져 가는 세태를 바라보면 그저 쓸쓸한 마음밖에 나오질 않는다.

　오늘따라 가슴 따뜻한 친구들이 보고 싶다. 제발 나도 이젠 남의 그동안 살아왔던 내 삶의 방식을 좀 바꿔나가야 하겠다. 제발 나의 가장 고질병인 남과의 비교 의식을 버리며 살자. 그냥 두리뭉실하게 살아보자 특히 조급한 성질, 인색한 맘, 다 저 섬진강물에 띄워 버리고 하루하루 주어진 나의 삶들 오직 자연의 순리에 맞춰 살아보자. 행복은 찾는 자에게 주어진다고 하잖았는가? 산빛 고운 3월이 가면 이제는 또 약동의 4월이 다가올 터인데…….

남녘땅에서 불어오는 따스한 봄바람에 연한 햇살 내려앉은 곳에 개나리며, 화려한 벚꽃들이 내 안에 안긴다. 살랑거리는 바람결에 하얀 꽃잎마저 흰나비 되어 나풀거리는 모습 너무 정겹다.

2022. 3. 30.

여순 사건(麗順 事件)의 단상(斷想)

저 멀리 바라보이는 섬진강 초입 서시천엔 노란 개나리꽃 하며 제
철 만난 벚꽃들이 흐드러지게 피어있고, 서시천에 흐르는 티 없이 맑
은 파란 물이 화려한 꽃물결에 반사되어 올해도 단 한 치의 어김도 없
이 찾아와 훈훈한 봄 햇살이 정겹기만 하다.

사람은 부모님의 뱃속을 잠시 빌려 한 시대를 살아간다. 어떤 사람
은 좋은 부모와 시대를 잘 만나 일생을 잘 살다가 간 사람도 있고 또
어떤 사람은 시대를 못 만나 세상살이가 험하고 한 서린 아픔을 안고
억울하게 살다가 가는 사람도 있다.

난 언젠가부터 날이 어둑해질 저녁 무렵이면 구례읍 초입 서시천
쪽에서 소쩍새가 소쩍소쩍 하고 우는 날이면 나도 모르게 마음이 침
울해지며 혼란한 시국에 태어나 국가 공권력에 의해 억울하게 돌아가
신 작은 아버님을 생각해본다.

지금으로부터 74년 전 1948년 10월 19일 발생한 여순 사건은 이
나라가 일제 강점기 36년간 일본의 식민지로 살아오다가 하늘의 도
우심으로 1945년 8월 15일 해방이 되어 나라의 주권이 회복되었다.

돌이켜 생각해보면 이 나라는 오천 년이라는 유구한 역사를 가진
나라라고 하지만 세계적인 역사를 보아도 아마 이 나라처럼 수없는

외침으로 처참하게 짓밟히며 한을 안고 살았던 민족도 없으리라 싶다. 일본으로부터 해방이 되는가 싶더니 초대 이승만 정부는 반공이란 기치를 내 걸고 좌·우익 사상논쟁으로 나라는 심한 갈등과 대립 속에 나라의 기틀이 채 자리를 잡기도 전 정국은 어수선하게 흘러간다. 이러한 시국에서 백성들은 영문도 모른 채 좌·우익 세력으로 나뉘어 국론은 분열될 대로 분열되어 나라는 큰 혼란에 빠진다.

여순 사건의 발단은 1947년에 시작된 제주도에서 4·3 사건으로 벌어진 폭동진압을 막기 위해 당시 여수에 주둔했던 국방경비대 14연대를 파병하여 진압하려는 과정에서 발생한 현대사의 최대 비극 중 하나이다. 초대 이승만 정부는 반공 세력 소탕 작전을 내세워 국가권력을 동원하였는데 이때 힘없는 백성들은 아무런 죄도 없이 반공법 위반 또는 좌익 세력으로, 또는 반군에게 부역했다는 죄명으로 군인, 경찰에게 끌려가 모진 고문과 구타를 당해 하루아침에 빨갱이가 되어 온 가족이 몰살을 당하는 등 변을 당한 사람들은 지금까지도 가슴 깊은 곳에 한을 묻고 숨소리조차 못 내며 고통의 생을 살고 있다.

여순 사건을 이해하기 위해서는 먼저 제주 4·3 사건의 진상부터 알아야 한다. 제주 4·3 사건의 발단은 먼저 국가 공권력의 가혹한 폭력에서부터 자행되었는데, 그 발단을 요약하면 다음과 같다.

제주 4·3 사건은 1947년 3월 1일을 기점으로 1948년 4월 발생한 소요 사태 및 1954년 9월 21일까지 제주도에서 발생한 무력 충돌과 진압과정에서 주민들이 많은 희생을 당한 사건이다.

당시 시대적 상황으로는 일본으로부터 해방으로 부풀었던 기대감
이 점차 무너지고 미군정 당국에 대한 불만이 서서히 확산 분위기였
다. 이러한 상황에서 공산주의 세력인 남로당 출신과 우익 세력 간 끝
없는 충돌로 이념 사상적 분쟁이 계속된 시기였다. 1947년 3·1절에
제주에서 남로당 주도로 개최되는 것을 미리 방지하고자 출동한 경찰
과 좌익 세력 간의 충돌 사건으로 6명이 숨지고 6명이 중상을 입었는
데 이 사건이 1년 뒤 발생 된 제주 4·3 사건의 씨앗이 되었다.

　　여수, 순천 10·19 사건은 제주 4·3 사건과 더불어 해방정국의 소
용돌이 속에서 남한만의 단독정부 수립을 둘러싸고 좌, 우의 극한 대
립으로 빚어진 근대사의 대표적인 사건으로 꼽힌다. 이 사건을 계기
로 이승만 정부는 대대적인 숙군작업을 벌였으며 국가보안법을 제정
해 강력한 반공 체제를 구축하기도 하였다.

　　이승만 정부는 1948년 10월에 여수에 주둔하고 있던 국군 제14연대
를 제주 4·3 사건 진압을 위해 파견하기로 했다. 그러나 14연대의 일
부 군인들은 '한 나라 한 동포에게 총부리를 겨누어 동족상잔을 일으켜
죽일 수 없다.'라는 명분을 내세워 출동을 거부하고 반란을 일으켰다.

　　참고로 여수, 순천에서 일으킨 사건은 한때는 여수, 순천 반란 사
건으로 불리기도 했지만, 여수와 순천의 주민들이 반란을 일으킨 것
이 아니라 단지 두 도시에 주둔하고 있던 군대가 일으킨 사건으로 반
란이라는 단어는 삭제됨과 동시에 10·19 여순 사건으로 명명해야 할
것이다.

이들 세력은 친일파 처벌과 남북통일 등을 주장하며 들고 일어나 여수와 순천을 장악한 뒤, 주변 지역으로 세력을 확대했다. 정부는 여수와 순천 일대에 계엄령을 선포하고 미 군사 고문단의 협조 아래 반란군을 진압했다. 이 과정에서 반란군은 물론이고 많은 민간인까지 죽거나 다쳤다. 반란군 중 일부는 지리산에 들어가 빨치산이 되어 저항하기도 했는데 우리 구례지역은 지형학적으로 지리산과 연접해있어 사실은 여수, 순천보다 우리 지역이 훨씬 더 피해가 컸다.

이승만 정부는 1948년 10월 제주도 경비사령부를 설치하고 증원 계획으로 여수 14연대 1개 대대를 제주도 4·3 폭동진압 작전에 투입할 계획이었다. 이와 같은 작전 기밀을 사전에 탐지한 좌익조직 남로당 계열에서는 14연대 조직책인 지창수 상사에게 출동하기 직전에 기회를 포착하여 반란을 일으킬 것을 지령하였다. 이와 같은 지령을 받아 지창수 상사는 14연대 제1대대 제1중대장인 김지회 중위와 19일 밤 장교식당에서 열렸던 출동군인 송별회를 이용하여 출동하는 부대 장교들을 모두 사살하고 일거에 부대를 장악할 계획을 세운다.

그러나 처음 계획이 실패하자 그들은 소위 거사 계획을 부대의 출동 직전으로 변경하고 10월 19일 밤 11시 부대 내의 약 40명을 소집하여 무기고를 점령하고 비상 나팔을 불게 하여 나팔 소리를 듣고 연병장에 집결한 출동부대 앞에 나타난 지창수 상사는 지금 수많은 경찰 병력이 우리 부대를 습격해오고 있다. '경찰 병력을 타도하자. 우리는 동족상잔의 제주도 출동을 반대한다.'라는 소리와 함께 무기고와 탄약고에서 다량의 무기와 탄약을 끌어내어 완전무장을 갖춘 출동부대는 반란군으로 돌변하였다.

부대를 완전히 장악한 반란군은 그 길로 맨 먼저 여수와 순천경찰서를 차례로 습격하고 지방 좌익분자들과 합세하여 경찰과 우익 인사들을 닥치는 대로 검거했고 특히 경찰들은 눈에 보이는 대로 사살하였는데 당시 여수 경찰서장 고연수를 비롯해 74명이 희생을 당했다고 한다. 여수 순천을 장악하여 세력이 커지자 이승만 정부는 순천의 경찰 병력을 비롯하여 광양, 구례, 곡성 등지에서 500여 명의 병력을 규합하여 현지로 출동시키고, 순천의 죽도봉과 풍덕천을 경계로 반란군과 대치 교전이 벌어지곤 했다.

김지회, 홍순석 부대가 지리산에 입산한 경로를 보면 1948년 10월 23일 김지회 부대 반란군 2개 대대 병력은 여수, 순천을 완전 장악하고 구례로 진격하던 중 순천 학구에서 광주 4연대에게 기습을 당해 열차에서 탈출, 순천 삽재를 지나 백운산을 넘어 섬진강을 건너 토지면 문수리 마을을 지나 지리산에 입산한 반란군의 수는 경찰 추산 약 2,000명이라 하였다.

10월 24일 밤, 반군 약 500여 명이 구례면 봉성산 고지에서 경찰서를 집중 사격을 가해서 경찰들은 모두 후퇴하였고 면내로 들어온 반군들은 경찰과 우익 한청단원들을 닥치는 대로 사살하고 민가 수색 작전을 살벌하게 벌였다.

1948년 11월 5일 밤, 김지회 부대 일당 약 700여 명이 2차로 구례 경찰서를 습격하는 사건이 벌어졌는데, 이번에는 경찰기동대 등 전투가 준비된 상태에서 대 시가전이 새벽까지 계속되었는데 그날 밤 반군 사살 54명, 경찰 전사가 29명, 한청단원의 전사자가 24명이라고 한다.

구례지역은 여순 사건으로 인해 군인, 경찰, 반군들에게 장기간에 걸쳐 큰 피해를 당했는데, 이 중에서도 산동면이 가장 큰 피해를 입었다. 거창군에서 무고한 양민 500여 명을 학살한 사건이 있듯이 산동면에서는 무려 3차례 걸쳐 여러 마을에서 대학살이 자행 오랜 시간이 지났음에도 변을 당한 가족들은 한이 어린 채 살아가고 있다.

1948년 11월 8일경, 군산 12연대 백인기 부대가 구례 습격 후 잠시 구례 중앙 국민학교에 주둔 중에 남원으로 가던 중 2대의 차량을 시랑마을 앞에 있던 반군들이 집단사격을 가해 많은 사상자가 발생하였고, 백인기 중령도 총상을 입고 도주하다가 시랑마을 앞 소하천 계곡, 대나무밭에서 자살하였다.

그 당시 육국 참모총장은 백선엽(4성 장군)이었는데, 그때부터 산동 전 지역에 통행금지 명령을 내렸고, 반군들에게 밥을 해 주었거나 하는 마을은 모두 불태워 버리고 좌익단체에 가입한 자는 색출하여 모두 사살하라는 명령과 계엄령을 선포, 이때부터 군인들은 살벌해졌고 일반 사람들은 대낮에도 혼자는 이웃 마을에도 못 다녔다. 경찰이나 군인하고 같이 가야만 했다. 혼자 가면 반군의 연락 자로 인정 무조건 총살을 당했다.

어디 산동면 뿐이랴!
내가 살고 있는 마산면은 구례군 중앙에 위치, 지형 여건상 지리산과 연접한 지역으로 사시사철 청정한 공기며, 큰 산에서 내려오는 맑은 물들이 황전, 청내 마을을 지나 마산 천으로 합수되어 섬진강으로 흘러간다.

특히 청천 초등학교는 우리 군에서 유일하게 면 단위로는 단 한 개만 있는 학교로서, 면 출신 학생들은 모두가 동문이 되고, 선, 후배가 되어 우의가 돈독하다.

1910년 일본이 강제로 체결한 을사늑약으로 조선은 하루아침에 일본의 식민지 나라가 되어 장장 36년간을 갖은 압박과 설움으로 민초들은 통한의 눈물을 흘려가며 근근이 살아왔다.

역사는 변한다고 했던가? 이 나라에 들어와 36년 동안 극악무도한 만행을 저지른 일본은 제2차 세계대전으로 패망, 1945년 8월에 이 나라는 해방을 맞는다. 그러나 통한의 슬픔과 깊은 상처가 채 아물기도 전에 나라는 공산주의 혁명과 민족해방 전쟁이라는 명분을 내세워 나라는 좌·우 극한 대립으로 동족 간 잔인한 전쟁이 시작되었으니 바로 제주 4·3 그리고 여순 사건이다.

여수에 주둔한 14연대 무장한 군인들은 여수, 순천에 있는 경찰서 등 공공시설을 하루아침에 초토화하고 닥치는 대로 살육 전쟁을 벌이면서 이곳 구례를 향해 다가오고 있었다. 구례 초입에 있는 제비재를 지나 구례지역으로 들이닥쳐 주민들에게 천인공노할 만행을 저질렀다.

마산면은 험준한 지리산을 마을 뒤로 인접하고 있는데, 14연대 반군들은 장기전을 펼칠 뜻으로 지리산으로 숨어들어 거점을 만든다. 한편 이승만 정부에서는 군, 경 합동 반란군 토벌대를 편성, 동족상잔간, 서로 총부리를 겨누면서 원수지간이 되었다.

지금은 오래된 일이라 당시 상황에 대하여 자세히 아는 분들이 극히 드물고 이 사건으로 인해 좌익, 우익 사상대립에 몸서리가 나서 참변을 당한 가족들은 당시 상황을 말하는 것을 회피하고 있으며, 특히 왜 내 부모, 형제가 죽어 갔는지에 대해 영문도 모른 채 통한의 한숨만 조아린 채 살아오고 있었다.

이 나라 국가 공권력은 그동안 아무런 죄도 없는 양민들을 얼마나 학살하고 잔인한 짓을 했던가? 10·19 사건으로 부정한 국가권력에서 자인 된 양민 학살 사건이야말로 근대사에서 가장 악명높은 사건이 아닌가 생각한다.

마산면 동북부에 자리하고 있는 청내마을은 당시 70여 호나 되는 큰 마을이었으나 반군들에게 동조, 부역했다는 억지 죄를 만들어 대다수 젊은 사람들 15명은 경찰들에게 끌려가 행방이 불명 상태이며, 간신히 마을을 빠져나와 다른 지역으로 피난을 간 청년들의 가족들은 가는 곳을 대라는 경찰들의 모진 폭력과 고문에 시달려 종국에는 죽임을 당했고, 또한 이성을 잃은 군, 경들은 의심되는 청년들 집 17채를 한꺼번에 불살라 버리는 끔찍한 만행을 저질렀으니 이 또한 얼마나 원통하고 가슴 아픈 일인가?

어디 그뿐이랴! 광평마을은 마을 앞에 국도 19호선 도로가 있는데 당시 도로변에는 나무전신주가 있었다. 그런데 이 전신주를 반군들은 야밤을 틈타 베어버린 사건이 종종 발생 경찰에서는 치안의 확보를 위해 마을 주민을 동원해서 밤에 전신주마다 보초를 서게 했다.

어느 날 인가는 미상이나 내 작은아버님 박종호, 그리고 집안 간 아저씨 벌 되는 박종문 외 두 사람은 밤에 보초를 서던 중 반군들이 그만 전신주를 베어버린 사건이 발생했다. 그날 밤 전봇대 보초를 섰던 4명은 구례경찰서에 잡혀가 모진 고문을 당한 후 결국에는 서시교 아래에서 모두 총살을 당했다.

다음날 변을 당한 집에서는 가족들이 시체를 수습하여 사도리 공동묘지에 네 분이 나란히 묘를 썼다. 가족들은 한날한시(매년 음 11월 4일)에 돌아가셨다 하여 지금까지도 같은 날 제사를 드리고 있다.

이 외에도 당시 경찰에서 부리고 있는 한청단원 사람들에 의해 죽임을 당하는 분들이 많았다고 하는데, 소위 손가락으로 사람을 지명하면 군, 경들이 즉시 붙잡아 어디론가 끌려가 총살을 당하는 일이 비일비재 했다고 한다.

이제는 오래된 일이고 당사들이 쉬쉬하는 바람에 자세한 사항은 알 수가 없다. 다만 이 시대를 힘겹게 살아가고 있는 유가족들은 국가폭력으로 자행된 무고한 민간인에게 저지른 가공할 죄를 용서는 하되 영문도 모른 채 돌아가신 내 부모, 내 형제의 명예 회복과 아울러 70여 년 기나긴 세월 동안 아픈 상처를 가슴에 안고 힘겹게 살아가고 있는 유가족들에게 국가는 진심 어린 사과를 하고 하루속히 그분들에게 적절한 치유와 함께 배·보상을 바란다.

2022. 4. 10.

춘천 소양호를 찾아서

여름 큰 더위가 시작된다고 하는 초복(初伏)이 막 지난 하늘빛 풍경은 벌써 온 지구촌이 이글이글 달아오르는 용광로이다. 더위를 유독 많이 타는 나지만 오늘은 언젠가부터 가보고픈 춘천 소양호를 둘러보기 위해 어젯밤 막내아들 집에서 하룻밤을 보내고 차를 몰아 목적지를 향해 달려간다.

사람들은 더위 철이면 시원한 산과 계곡을 찾아 조용한 휴식의 시간 들을 보내지만 난 거꾸로 복잡한 서울 도심으로 올라왔으니 나도 그러고 보면 조금은 현실에 둔한 사람이라고나 할까?

서울 도심을 빠져나가기 위해 밀려드는 차량으로 암만도 잠시의 고통은 감수해야 할성싶다. 도로가 왕복 6~8차선 넓은 도로지만, 사람들은 어디로 오가는지 아직은 이른 아침나절이지만 도로 위는 금방 몰려드는 차량 들로 홍수를 이룬다. 한 해에 수조 원의 큰돈을 써가며 인구 늘리려는 정책을 펼치고 있지만 갈수록 인구는 줄어들어 우리나라는 앞으로 100년 안에 지구상에서 없어질 나라에 들어간다고 하니 씁쓰레한 맘이 든다.

복잡한 서울 도심 거리를 지나면서 내 눈에 스쳐 지나간 크고 작은 건물 사이를 이리저리 지나면서 얼마만의 시간이 지나자 저 멀리 잠실에 있는 초고층 '롯데월드타워' 건물이 보이고 조금 더 지나자 양양으로 가는 고속도로 진입 푯말이 보인다.

차창 밖으로 스쳐 지나가는 7월 중순의 풍경은 너무나 아름답다. 이제 여름이 점점 익어간다. 연하기만 하던 오만가지 자연은 이제 진한 녹색으로 변해가면서 나뭇가지마다 나무 잎새들이 마치 어머니의 가슴팍에서 떨어지지 않으려는 갓난아기 모양으로 안고 있는 모습처럼 정겹게 보인다.

차가 양양으로 가는 고속도로에 들어선다. 확 트인 넓은 도로는 금세 차량 들이 도로 위를 꽉 메운다. 언제부터 이 나라가 세계적 경제 10대국에 들어가고 잘사는 나라가 되었는가?

지난 50년대 초, 동족상잔의 전쟁으로 강토는 쑥대밭이 되어 성한 곳이라곤 하나도 없고, 폐허가 된 내 나라가 언제 그리도 빠르게 복구가 되고 이리도 눈부시게 성장했단 말인가? 생각해보면 이 나라 대단한 민족이 아닌가 보다. 정녕 하나님의 축복을 많이 받은 민족임엔 틀림이 없다.

자동차는 한 시간여를 달려가자 춘천으로 진입하라는 푯말이 저 멀리 보이고 또 소양호 이정표가 가까이 보인다. 양양 고속도로 아스팔트가 이글거리는 땡볕에서 쏟아지는 햇살에 온통 도로를 땀으로 뒤범벅을 한다. 어지간히 차량이 또 밟고 지나갔으랴!

한참 달려 차량이 초입에 들어서는데, 차창 밖으로 여기저기 춘천 닭갈비 집 간판들이 도배질이다. 닭갈비가 아마도 춘천의 명물임엔 틀림이 없는가 싶다. 나는 차를 잠시 세우고 여기저기 간판을 보다가 닭갈비 원조라고 하는 어느 식당으로 들어가 아내와 오붓하게 앉아 닭갈비로 점심을 맛있게 먹었다.

식당을 나와 소양호를 향해 한참 달려가니 소양호 이정표가 눈에 들어오고 구불구불 좁다란 도로를 조금 더 달리니 소양강댐 호수가 내 눈에 확 펼쳐진다. 복잡한 도시 냄새며, 잿빛 도로에서 품어나온 소음들에 시달려 지친 마음인데, 시원하게 확 펼쳐진 호수를 보니 확 뚫린다.

강원도 춘천시 신북읍에 있는 '소양호'는 1973년도에 만들어진 동양 최대의 소양강댐이 만들어지면서 생겨났는데 면적이 무려 $1,608ha$ 이며, 저수량만 해도 27억 톤으로, 마치 넓은 바다를 바라보는 듯했다.

호수 주변 여기저기를 산책하다가 언뜻 보니 호수 위로 하얀 물새 한 마리가 물 위를 가르며 스쳐 지나가고, 또 날렵한 모터들이 잔잔한 물살을 가르며 빠르게 지나간다. 또 호수 가장자리에 유람선이 한가로이 서 있다. 난 힘들여 여기까지 왔으니 유람선이나 한번 타보려고 매표소에 가서 승선표 두 장을 들고 배에 오른다.

유람선에는 아직은 비수기여서인지, 코로나 여파여서인지 겨우 십여 명이 함께 승선하여 풍광을 즐겼다. 처음 보는 소양강 주변은 그야말로 경치가 장관이었다. 산을 절개한 높은 절벽 사이로 우뚝 서 있는 기암괴석 하며, 바위틈새로 한 그루터기에선 작은 소나무 흔들거리는 모습이 간지럽게 보인다.

사람은 자연 속에 살아가는 동물이라고 한다. 햇살 한 줌 맑은 공기 한 조각, 물 한 바가지, 우리가 세상에 살아가는 여정에서 단 한 가지만 없어도 일 분의 생명도 유지할 수가 없는 게 인간의 존재가 아니던가? 그래서 우리는 무엇보다 자연환경을 더 소중하게 생각하고 아끼며 살아가야 하겠다.

소양호 가는 길은 조금은 여정이 버거웠지만 오길 참 잘했다 싶다. 돌아가는 길에 김유정 문학촌을 한번 둘러보려 했는데, 하필 가는 날이 장날이라 휴관이란다. 김유정 생가가 있는 곳을 먼발치에서 바라보니 춘천에서 명망이 있고 부유한 가문 때문이었는지 생가의 규모는 꽤 컸다. 한구석에 세워진 안내판을 보니 안에는 소설 속의 장면들이 많이 묘사되어 있다고 한다.

누군가는 자신의 삶을 소중히 하고 감사하며 만족하게 사는 삶이 행복에 이르는 길이라고 했다. 사람이 살아가면서 자신이 가지고 있지 않은 것을 아쉬워하거나 불평하기보다 지금 손에 쥐고 있는 것을 충분히 즐기는 것, 그리고 하루하루를 감사하며 사는 삶이 좋은 삶이라고 말했다.

돌아오는 차창 밖에서는 오늘따라 매미란 놈이 엉덩이를 들썩거리며 애절하게 우는소리가 들린다. 유충에서 땅속으로 들어가 나무뿌리 수액을 받아먹으며 7년 동안이나 자란 매미, 그러나 성충이 되어선 겨우 한 달여 살다가 죽는다고 한다. 그러고 보면, 우리의 삶은 이제 100세 시대, 인생이라고 하니, 나는 얼마나 하나님께 복을 받고 태어난 사람인가? 생각하면 모든 것이 감사뿐이다.

2022. 7. 20.

석주관 칠의사(七義祠) 앞에서

가을 둘째 절기인 처서(處暑)의 날씨는 아침부터 가을비가 내린다. 우리 속담에 '처서에 비가 오면 쌀독이 준다'라고 했는데 별로 반갑잖은 비가 아침부터 내린다.

비가 내리니 습기가 많은 탓인지 날씨조차 후텁지근하여 불쾌지수가 높아지려 한다. 더운 여름을 좋아하는 모기가 처서 날이 다가오면 시샘이라도 하는 양 입이 비뚤어진다고 하는데 하늘은 아직 모기 편인지 더위가 얼른 가시질 않는다.

아무리 혹독한 여름이라고 해도 저절로 찾아오는 가을은 더운 기운을 기어이 밀어내고 풍성한 들녘을 만들기에 바쁘다. 참 자연의 오묘한 이치는 단 한 치의 어김도 없이 때가 되면 다 오고 가고 하는 걸 본다.

진안 '데미샘'을 발원으로 섬진강은 오늘도 유유히 흐르고 있다. 장장 오백여 리 비단 같은 섬진강 물길, 그 섬진강은 오늘도 구례 초입에 들어서는 잔수를 지나며, 오산 사성암 앞을 유유히 흘러 하동포구로 흘러간다.

언제봐도 좋은 섬진강, 내 어린 시절인 60년대 그 시절에는 아직 강둑 제방이 없던 시절, 구례읍 양정마을 앞으로 흐르는 강변엔 은빛

모래가 눈을 부시게 했고 수 천만년이나 쉼 없이 흐르는 물결에 닳고 닳아서 반들반들한 조약돌들이 참 보기에 좋았는데, 그 많은 모래며 조약돌들은 다 어디로 갔을까?

오늘따라 65년 전의 아련한 추억들이 내 머리에 맴돌며 하얀 그리움으로 남는다. 사람은 추억을 먹고 사는 동물이라고 하던가? 어린 시절 눈에 보였던 아름다운 풍경이며 흔적들이 못내 그립고 나이가 들어가면서 머릿속에서 지워지지 않고 해가 갈수록 더 선명히 회상되는 것은 나만의 생각일까?

그래서 일찍이 고인(古人)은 말하기를 '과거지사는 여명경(過去之事如明鏡)'이라고 했던가? 구례읍을 잠시 지나 국도 19호선인 하동선을 따라서 가다가 보면 토지면 송정리에 석주관 칠의사(七義祠)가 있다.

칠의사는 석주관 내에 있는데 칠의사 묘는 사적 제106호이며, 석주관성은 사적 제385호이다. 구례와 하동 경계 지점에서 가까이 있는 지역이다. 임진왜란으로 무려 5년 동안이나 전쟁으로 인해서 삼천리 강토는 쑥대밭이 되었고, 백성들은 왜군에게 도륙을 당하는 등 큰 참화를 입었는데, 일본이란 나라는 그 천인공노할 죄를 지은 것도 모자라 또다시 정유재란(1597년, 선조 30년)을 일으켰다.

석주관성은 구례로 진격하는 왜군 60,000여 명을 맞아 7인의 의병장(왕득인, 왕의성, 이정익, 한호성, 양응록, 고정철, 오종)을 주축으로 의병 3,500명, 화엄사에서 보낸 승병 300명 등 모두 3,800명이 장렬하게 싸우다가 중과부적(衆寡不敵)으로 모두 전멸했던 곳이다.

현재 석주관 칠의사묘에는 위패를 모시는 칠의사(七義祠)와 칠의사 순절비가 있다. 후일 1804년(순조 4년) 나라에서는 석주관 전투에서 장렬히 싸우다가 숨진 왕득인을 포함한 7명의 의사와 구례 현감 이원춘의 충절을 기려 각각 관직을 내렸고, 서쪽 산기슭에 무덤을 모셨다. 이곳이 석주관 칠의사의 묘이다.

옛 삼한시대에는 마한과 진한의 경계로, 삼국시대에는 백제와 신라의 경계였던 석주관은 현재 전라도 구례와 경상도, 하동을 연결하는 관문이며, 군사 전략상 매우 중요한 요충지로서 고려 말에는 왜구의 침략을 막기 위해 진을 설치한 곳이기도 하다.

죽은 자는 말이 없다고 했던가? 왜적들과 장렬하게 싸우다가 전사를 당하신 선열들의 피가 섬진강으로 떠내려가 피로 물든 강이 되었을 400년 전의 참혹한 일을 회상하니 나도 모르게 목울대가 아려온다.

언젠가부터 섬진강을 안고 도는 구불구불한 2차선 도로인 국도 19호선이 우리나라에 가고 싶은 곳 100선에 들어가는 아름다운 길이다. 남해안 바다와 맞물려 있는 하동포구에서 구례 방향으로 지형을 찬찬히 바라다보면 섬진강 하구에서 물길을 따라 오른쪽으로는 경상남도, 하동, 그리고 왼쪽으로는 전라남도 광양으로 이어진다.

조금 더 올라가면 구례로 연결되는데 이 물길이 임진왜란과 정유재란 당시 왜적의 주요 침입 경로였다고 하니 맘이 쓸쓸하다.

지리산 자락에 여름 내내 우거진 풀숲들이 스스로 찾아오는 가을 햇살에 잎새들은 어느새 갈색 잎으로 조금씩 조금씩 물들어 가며 온 대지에 가을이 더 가까이 내려앉는다.

그 혹독한 삼복더위는 어디로 갔을까? 어지간히 더웠던 긴긴 여름날이었는데, 오늘도 석주관 칠의사(七義祠) 앞 뜨락에서는 오직 나라 위해 한 몸 던지며 왜적과 장렬하게 싸우다가 입가에 검붉은 피 뚝뚝 흘리며 사라졌던 자리에 올곧은 대나무 두어 그루가 그날의 참상을 소리 없이 들려준다.

2022. 8. 23.

금성산성(錦城山城)

하늘이 열린다고 하는 개천절의 아침은 티 없이 맑은 가을이다. 광주에서 담양으로 가는 길은 확 트인 왕복 4차선 아스팔트 길이다. 지난 75~76년 무렵이던가? 그 시절에만 해도 도로는 신작로라고 했는데 도로 위엔 온통 아이들 주먹만 한 자갈이 쫙 깔려있어 자동차가 도로 위를 지나갈 적이면 덜커덩덜커덩 요란한 소리는 감수해야 했다. 그러나 지금은 시대가 급속도로 변하면서 확 트인 도로 위를 달리니 참 좋은 세상이 되었다.

지난 75~76년경이던가? 담양에 있는 광주댐은 내가 군대를 막 제대하고 산업현장에 뛰어들면서 당시 댐공사를 맡은 건설산업회사에 다니면서 일했던 곳이기도 한데, 사회 초년생으로 직장의 첫걸음을 안겨다 준 아련한 추억들이 고스란히 배어있는 낯익은 고장이다.

광주시민의 젖줄인 광주호는 잔잔하고 드넓은 호수로 가을 냄새가 물씬 풍기는 참 아름다운 곳이다. 저 멀리 호수 위로 하얀 물새 한 쌍이 쉼 없이 오르내리며 가을 햇살을 가르는 모습 너무 정겹다.

대나무로 대변되는 담양 고을, 금성산성을 찾아가는 도로변 양 가에 곧게 뻗은 메타세쿼이아 나무에도 가을빛이 스며들고 차창 밖으론 추수를 앞둔 농촌의 들녘은 온통 황금빛 물결이 출렁인다.

논길 따라 간혹 보이는 허수아비가 어느새 빛이 바랜 채 우두거니 서 있는 모습이 안쓰럽기도 하다. 참새란 놈이 벼 여물이 막 생길 때는 무던히도 좋아하더니만, 벼알들이 익어 버린 탓에 이제는 할 일이 없는가 보다.

금성산성 초입에 들어서는 넓은 주차장엔 10월 모처럼 맞이하는 연휴라선지 수많은 차량 들과 행락 인파로 붐빈다. 광주에 사는 큰아들 내외를 앞세우고 난 오늘 금성산성이나 한번 둘러보고 싶어 산성을 찾았다. 언젠가 꼭 한번 가보고 싶었는데 오늘 그 기회가 잘 주어졌다고나 할까?

산성 초입에서 올라가는 길은 자동차가 한 대 간신히 지나갈 만한 좁다란 오솔길이었다. 올라가면서 주변을 보니 하늘로 우뚝 솟은 왕대나무가 듬성듬성 군상을 이루며 빼곡하게 들어차 있었고 짙푸른 소나무와 상수리나무 등 잡목들이 하늘을 뒤덮은 채 나무숲을 이루고 있었다.

간간이 불어오는 바람 소리 들리는 자리에 하늘 높이 치솟은 상수리나무에선 우수수 우수수 도토리 알맹이들이 땅바닥에 굴러떨어진다. 아내는 힘들게 올라가면서도 한 톨 두 톨 도토리를 주우며 혼자서 신이 났다. 난 아내에게 도토리 줍지 말라고 했다. 도토리를 다 주워 버리면 산 다람쥐나 토끼 녀석들은 먹을 양식이 없어 굶어 죽을 수도 있다면서 한사코 말리었다.

사람은 이 세상에 태어나 자연 속에 살다가 종국에는 자연의 품속으로 돌아가는 물체이다. 또한 사는 날 동안 동물과도 서로 공존하며 오손도손 살아가기도 한 존재이기도 하다. 산성으로 올라가는 가파른 산길을 숨 가쁘게 오르다 보니 온몸에 땀이 난다.

그동안 난 몸 관리를 위해 산길을 무던히도 다니곤 했는데, 재작년 부터인가 허리와 다리, 무릎이 여기저기 아픈 바람에 등산은 좀 자제하고 있는데, 가만히 내 인생을 돌이켜 보니 이제 내 나이도 어느새 노년인 칠십 대 중반이 되어간다.

누군가는 노년을 이르러 일생 가운데 가장 여유가 있는 시간이라고 했던가? 이제 한 발짝 뒤로 물러나 남을 배려하며 베푸는 나이라고 말했다. 그런데 난 그런 것을 잘 안다고 하면서 실행에 둔감하니 때론 아내에게 핀잔을 맞곤 한다. 그래서 교육이란 평생을 두고 배워야 하는가 싶다.

숨 가쁘게 한참을 오르다 보니 산성으로 통하는 입구에 저 멀리 보국문(輔國門)이 보인다. 잠시 가쁜 숨을 가다듬고 산성 입구에 있는 보국문 수루에 앉아 남쪽을 바라보니 저 멀리 무등산, 추월산이 보이고 또 광주댐, 담양호가 아득히 보인다.

금성산성은 전라남도 사적 제353호로 지정되어있는 산성으로 삼국시대에 처음 축조되었으며, 1409년(조선조 태종 9년) 에 개축하였다. 임진왜란 후 1610년(광해군 2년)에 파괴된 성곽을 개수하고 내성을 구축하였으며, 그 후 1622년 내성 안에 대장청(大將廳)을 건립하고 1653년(효종 4년)에 성첩(城堞)을 증수(增修)하여 견고한 병영기지로 쓰였다고 한다.

또한 금성산성은 호남의 3대 산성 가운데 하나로 외성은 6,486m, 내성은 859m에 이르는 산성으로 돌로 쌓았다.

성 안에는 곡식 1만 6천 섬이 들어갈 수 있는 군량미 창고가 있었으며 객사 보국사 등 10여 동의 관아와 군사시설이 있었으나 동학농민운동 때 불타 없어졌다고 한다.

동서남북에 각각 4개의 성문터가 있는데, 통로 이외에는 사방이 30여 m가 넘는 절벽으로 둘러싸여 통행할 수가 없게 되어있다. 금성산성의 주봉인 첨마봉을 비롯해 일대의 산지는 경사가 매우 가파른 곳으로 주변에 높은 산이 없어 성 안을 들여다볼 수 없게 되어있으며, 가운데는 분지여서 요새로는 완벽한 지리적 요건을 갖추고 있다. 이같은 지리적인 특성 때문에 임진왜란 때는 남원성과 함께 의병들의 거점이 되었고, 1894년 동학 농민운동 때는 치열한 싸움터가 되어 성 안에 있는 모든 시설이 불에 탔다고 한다.

난 가까이 다가가 돌로 쌓은 성곽을 만지며 유심히 바라보다가 깊은 생각에 잠겨본다. 우리 선조들이 저 성곽을 쌓느라고 얼마나 힘드셨을까? 입에 풀칠하기조차도 힘들었던 그 시절에 무거운 돌들을 하나하나 지게에다 혹은 머리에 이고 힘들게 쌓았을 거라, 생각하니 나도 모르게 침울해진다.

이 나라는 예부터 지리적인 지형적인 여건 때문에 중국이나 일본 등 강대국들에게 번번이 큰 고난과 환란을 당해 왔는데 그 가운데서도 저 왜(倭) 나라인 일본은 지금까지 철 천지 원수지간이다. 조선조 1592년(선조 25년)에는 대군을 앞세우고 이 나라에 쳐들어와 장장 7년간이나 벌였던 임진왜란, 정유재란을 일으켜 그 참화로 아름다운 강토는 불탔고, 무고한 백성들은 참화로 큰 고통을 당했다.

어디 그뿐인가? 조선말 1910년 일본은 이 나라를 러시아와 중국 등 외세로부터 보호한답시고 을사늑약이란 조약을 강제로 체결, 이 나라는 일본의 속국이 되면서 하루아침에 일본의 식민지가 되어 주권을 빼앗긴 채 백성들은 온갖 핍박과 설움으로 36년간이나 나라 없는 처참한 삶을 살아야 했다.

약육강식은 비단 동물들만의 세계가 아니다. 한 나라도 마찬가지이다. 힘이 없으면 강자에게 먹히기 마련이다. 그 참혹한 임진왜란이나 한일합방 등의 우리 민족의 수난사를 보면 간신들의 국정 농단과 나약한 군주의 탓도 있었지만 동서로 나누인 정치꾼들의 파당 싸움, 일본에 빌붙어 민족에게 망나니칼춤을 추었던 친일파의 잔재들을 숙청 못 한 게 더 큰 원인이었다.

요즘 나라 정치가 심상치 않다. 여야의 극한 대립, 영, 호남으로 나누인 심한 갈등과 정쟁으로 백성들은 너무나 불안하다. 예부터 위정자는 백성을 하늘처럼 받들어 정사를 펼치라고 했는데, 그 백성들은 안중에도 없고, 네 편 내 편으로 나뉘어 죽기 아니면 살기로 조폭들이나 할법한 싸움질만 하는 저 위정자들을 보노라면 마치 사나운 짐승들이 물고 죽이고 하는 싸움과 어디가 다를까 싶다. 저 사람들은 정녕 어느 나라 사람인가?

죽은 자는 말이 없다고 했던가? 금성산성은 민족의 수난을 다 알면서 담양 땅 한쪽에 우뚝 서 있다. 켜켜이 쌓인 민족의 아픈 흔적들이 고스란히 배어 이 나라에 든든한 방패막이 되어준 저 금성산성이여! 영원히 빛나거라.

2022. 10. 5.

후회(後悔) 없는 삶

창가에 차가운 겨울 햇살이 비스듬히 스며드는 아침이다.

엊그제까지만 해도 사람들은 저마다 연말연시 분위기에 덩달아서 해넘이다, 해돋이다 들뜬 나날들이었는데, '모두가 지나가리라'라는 말처럼 또 한 가닥의 추억을 만들어놓고 다시 새해가 밝아온다.

누구에게나 공평하게 주어지는 새해, 햇살 한 줌, 바람 한 움큼 속에 사람들은 저마다 새해가 되면 올 한해는 작년보다 더 나은 해, 더 좋은 한 해가 되길 간절히 소망하면서 새해를 맞는다.

사람은 칠십이 넘어가면서부터는 '자신의 삶을 뒤돌아볼 때'라고 말했다. 단 한 번 주어지는 내 삶의 한 여울목에서 지나간 칠십여 평생을 앞만을 바라보며 숨 가쁘게 달려왔던 세월의 뒤안길을 잠시 뒤돌아보며 크고 작았던 내 인생의 험난한 흔적들을 생각해본다.

사람은 세상을 살아가면서 아쉬움이란 순간들을 수시로 겪으며 살아가고 있다. 그 아쉬움이란 정녕 무엇일까? '아쉬움이란 어떤 일에 만족하지 못하거나, 또는 필요한 것이 모자라 없어서 안타깝고 서운한 마음'라고 사전에서는 정의하고 있다.

사람이 세상을 살아가면서 어디 아쉬움 없이 사는 사람이 있을까? 예로부터 '天有不測風雨(천유불측풍우)하고 人有朝夕禍福(인유조석화복)'이라고 했는데, 즉 풀이하면 '하늘은 측량치 못할 비바람이 있고, 사람은 조석으로 화복이 있다'고 했다. 세상사 인위적으로 안 되는 것을, 사람들이 어찌 하늘의 순리를 거슬러 살아갈 수 있으랴!

지난날들을 가만히 뒤돌아보면 먼저 난 그동안 타고난 이기적인 삶이 우선이어선지 남에게 베푸는 것보다는 나를 위해 아니 내 가족만을 위해 밤낮 가리지 않고 살았던 나, 남에게 너무 인색했던 삶이었음을 고백해본다.

사람은 부모님 뱃속을 빌려 세상에 태어나 저마다 주어진 환경과 여건 속에 살다가 언젠가 때가 되면 누구나 돌아가게 되는 유한적인 존재이다.

성경 시편 90편을 보면, '주께서 사람을 티끌로 돌아가게 하시고 또 너희들은 돌아가라.'라고 하셨고, '주의 목전에서는 천년이 지난 어제 같으며 밤의 한순간 같을 뿐이다.'라고 했다.

이어서 인생의 연수가 칠십이요 강건하면 팔십이라도 신속히 가니 그 연수의 자랑은 수고와 슬픔뿐이요, 신속히 가니 날아가는 것 같다고 빠르게 지나가는 세월의 모습과 인생무상(人生無常)함을 잘 말해주고 있다.

요즘은 사람의 기대수명이 늘어나 백 세의 인생을 사는 사람들도 더러 있다고 하지만, 분명한 것은 사람이 백 세까지 오래 사는 삶보다는 단 하루를 살더라도 병 없이 건강하게 오래 사는 삶을 누구나 원하고 있다.

난 칠십이 되면서 언젠가부터 부쩍 내 삶의 뒤안길을 돌아보며 깊은 사색에 잠길 때가 있다. 사색 저 너머의 아련한 기억들, 숨 가쁘게 달려오면서 철 지난 기억들은 때론 슬픔과 환희, 행복과 기쁨이 반복되면서 살아왔던 굴곡진 내 지나온 삶들이었음을 생각해본다.

어디 사는 것이 아쉬움 없이 세상을 사는 사람들이 있을까마는 이제부터라도 난 후회 없는 삶을 살아가야겠다고 자문해본다. 지금까지 살아오면서 나에게 아쉬움이 있다면 그동안 남에게 베푸는 삶을 많이 못 한 게 큰 후회로 남는다. 이제 내 삶이 다 하는 날까지 내 어려운 이웃을 보듬고 여건이 허락하는 한 물심양면으로 남에게 베푸는 삶을 살아보고 싶다.

러시아의 대문호인 레프 톨스토이(1828~1910)가 쓴 단편소설집인 『사람은 무엇으로 사는가』라는 책에는 세몬이라는 가난한 구두 수선공에 대해 쓴 글이 있는데, 집이 너무나 가난하여 모피로 만든 단 한 벌 걸려있는 옷을 가지고 두 부부가 번갈아 가며 입었다고 한다.

돈은 버는 족족 입에다 풀칠하기 바쁜 가난하고 처절한 삶에 몸부림치며 그래도 열심히 살았던 한 가정의 삶을 소개하고 있다. 그리고 '사랑이 있는 곳에 하나님이 계신다.'라고 말했다.

나폴레옹(1769~1821)이란 사람도 천하를 호령하면서 살아온 사람이었지만 아쉬움이 꽤 많았던 위인이었는가보다. 나폴레옹이 연합군에게 패전한 저 워털루평원 한쪽에는 자그마한 나폴레옹 기념관이 있는데, 그 안에는 당시 상황을 미니어처로 만들어 전시한 것도 있다.

사령관실에는 의자에 비스듬히 기대어 한 손으로 머리를 감싼 등신대 모형도 있다고 한다. 그가 평소에 호기롭게 '내 사전에 불가능이란 없다.'라고 말한 그도 죽음을 앞두고 이런 말을 남겼다고 한다. '나는 불행했다. 프랑스 군대, 조세핀'이라면서 초라하게 숨을 거두었다고 한다.

불가능이란 없다고 단언했던 그가 자신의 삶을 실패로 규정하고 죽음을 마주했으니 그 사무침이 얼마나 깊었으랴! 우리 인생은 예행연습이란 게 없다. 누구나 단 한 번 주어지는 삶일 뿐이다.

풀꽃 시인으로 유명한 나태주 시인은 '노년(老年)이란 일생 가운데 가장 여유 있는 시간, 이제 모두가 한 발짝 뒤로 물러나 가진 것을 베푸는 나이'라고 말했다.

앞으로의 내 삶은 살면서 전혀 후회 없이 살 순 없지만, 지난날의 내 삶이 남에게 베풀고 사는데 너무 인색했던 삶들이었다면, 이젠 내 이웃을 내 몸처럼 여기고 그분들에게 따스한 정으로 보듬어 주며, 작은 힘이나마 베푸는 데 인색하지 않고 최선을 다하며 살아가겠다고 다짐해본다.

2023. 1. 10.

4부

또 하나의
이별(離別)

쌀, 비만의 주범은 아닌데

신년 새해가 지나 이젠 우리 전통 교유 명절인 설날이 코 앞이다.

세월의 무상(無常)이라 했던가? 참 유난히도 빠르게 세월이 지나간다. 하기야 내 나이테도 어느덧 육십을 훌쩍 지나 칠십에 들어서고 있으니, 내 연륜도 어지간히 돌아갔는가 싶다.

오늘이 절기상으로 일년 중 마지막 절기로 가장 춥다고 하는 대한(大寒)인데, 창가에 찬 바람이 암만도 눈구름이라도 몰고 올 듯 차가운 바깥 날씨가 예사롭지 않다. 그래도 겨울은 추워야 한다고 했던가? 예로부터 설날 날씨는 궂어야 그해 시절이 좋다고 했다.

그리고 보면 오늘 눈구름 낀 흐린 날씨는 바짝 다가선 설날 아침에 눈비라도 내릴런가 아마도 좋은 징조인가 싶다. 농사지은 사람들은 뭐니 뭐니 해도 하늘이 도와줘야 한다. 즉 우순풍조(雨順豊調)가 한해 농사를 좌우한다고 해도 정녕 과언은 아니리라.

어디 비단 농사뿐이랴! 최근 이상기후 현상으로 남부지방에는 비가 안 와서 큰 가뭄이 들었다. 농업용수인 저수지는 바짝 말라서 바닥이 훤히 보이는 곳이 많고, 상수원도 물이 고갈되어 앞으로 마실 물 때문에 걱정이란다.

어서 이 지역에 큰비라도 많이 내려 적어도 마실 물 만큼은 걱정하지 않고 살았으면 좋겠다. 그러잖아도 대출이자 고금리, 물가 폭등으로 백성들의 삶은 갈수록 힘들게 버티면서 살아가고 있다.

우리나라는 애초 농경사회에서 지금은 정보화 사회, 더 나아가 최첨단 과학의 시대인 AI의 세상에서 살고 있다. 그러나 분명한 것은 제아무리 과학이 발달했다고 해도 사람은 생명을 유지하기 위해서는 누구나 밥을 먹어야 살게 되어있다.

그런데 세상이 변해선지 언젠가부터 우리의 주식인 쌀이 별로 하찮은 존재로 전락 되어 맘이 아프다. 필자는 나라가 일제 강점기인 36년을 지나 동족상잔인 6·25 전쟁이 발발 삼천리 강토는 폐허가 되어 어디 성한 곳이라고는 하나도 없는 참으로 어렵고 암울한 시대에 태어난 사람이다.

긴 전쟁으로 폐허가 된 강토에 쌀밥을 먹고 사는 사람은 극히 드물었고 대부분이 먹을 양식이 없어 허기진 배를 풀뿌리로 간신히 끼니를 때우며 살았던 어려운 시대에 살았다.

그래서 그런지 쌀을 저 하늘만큼이나 끔찍이 사랑했고 먹고 싶어 했다. 돌이켜 보건대 이 나라가 주린 배를 움켜잡고 배고픔의 세상에서 조금은 벗어나 하얀 쌀밥을 먹게 된 것은 1970년대 중반 박정희 대통령 시대에 농촌에 통일쌀 재배로 쌀 다수확이 시작되면서부터이다.

지나오면서 옛일을 가만히 생각해보면 힘든 농사일을 죽도록 하면서도 고작 시커먼 보리밥이나 고구마밥을 주로 먹었는데 하얀 쌀밥을 먹으니 너무나 좋았다. 이젠 오랜 옛날 일이었지만 난 지금도 보리밥은 쳐다보기도 싫어지고 오직 쌀밥만을 고집하며 좋아하는 사람이 되었다.

언젠가부터 우리들의 주식인 쌀밥이 비만의 주범이라는 잘못된 인식이 퍼지면서 말 그대로 식탁에서 찬밥신세를 받고 있다고 한다. 이유를 보니까 쌀밥에는 탄수화물이 많아 체중 관리에 나쁜 영향을 준다고 한다.

이런 이유에선지 다이어트를 위해서 가능한 한 쌀밥을 먹지 않으려는 사람들을 주변에서 쉽게 볼 수가 있다. 더 문제인 것은 이런 쌀에 대하여 잘못된 인식으로 쌀 소비량이 해마다 급속도로 줄어든다고 하니 걱정이다.

농림축산식품부에 통계에 따르면 국민 1인당 연간 쌀 소비량은 2011년도에 71kg에서 2021년도에는 57kg으로 무려 20%나 감소했다고 한다.

그러나 전문가에 의하면 쌀은 결코 비만의 주범이 아니라고 한다. 농협중앙회가 최근 개최한 쌀 소비 확대와 식습관 개선을 위한 심포지엄에서 쌀에 관한 다양한 연구 결과를 발표했다.

전문가들의 말에 의하면 먼저 쌀 중심 한식 식습관은 서양식에 비해 오히려 체중 관리 효과가 뛰어난 것으로 나타났는데, 실제 호주에서 한식과 서양식 섭취군을 나뉘어 12주 동안 연구를 해 보니 한식을 섭취한 부류에서 허리둘레가 더 많이 감소 되었다고 한다.

오히려 쌀 중심으로 식사를 하면 심혈관질환 예방에도 도움이 된다고 하는 주장이 나왔다. 이뿐만이 아니다. 쌀 중심의 식단은 신체적 건강 외에도 심리적 안정에도 도움을 주는 긍정적인 영향도 있다고 한다.

농촌 진흥청이 청소년 81명을 대상으로 쌀 중심 식단, 밀 중심 식단, 결식으로 실험군을 나뉘어 연구해보니 쌀 중심 식단을 섭취한 학생들에서 기억력, 학습력, 주의력, 집중력, 이해력 지표가 가장 많이 개선된 것으로 나타났다. 쌀밥이 성적향상에도 도움이 된다는 결과이다.

쌀은 결코 비만의 주범이 아니다. 농가에서는 사람들이 쌀에 대한 외면과 소비의 부족, 쌀값 대 폭락 등으로 큰 고통을 겪고 있다. 우리의 밥상에 우리 것이 아닌 각종 인스턴트 식품으로 채워진 식탁을 보면 맘이 아프다.

그동안 정부에서는 나름대로 농촌에 많은 국가 재정을 투입했다고 하지만 필자의 생각으론 앞으로는 범정부의 대대적인 국민 쌀 소비 촉진 운동으로 농민도 살고 국민에게도 도움이 되는 그런 이상적인 모습이 보고 싶다.

누군가는 말했다. 농업을 경시하는 땅에도 봄은 오는가? 제발 농민에게 국제정세의 어쩔 수 없는 현상이라 치부하는 우(優)를 범하지 말라! 나아가 더 이상 이 땅에 빈궁가(貧窮歌)를 부르게 하지도 말라.

2023. 1. 20.

토끼해에 대한 소고(小考)

토끼의 눈처럼 초롱초롱한 새해가 물 흐름처럼 빠르게 지나가는 틈바구니에서 양력, 음력의 설들이 어느새 두 번이나 훌쩍 지나가 버린다. 한 달에 두 번이나 설이 들어 있는 경우가 별로 없는데, 동시에 양 설이 들어 있는 좀체 보기 드문 유별난 해다.

지난 2011년이 그해가 흰토끼의 해였다면, 올핸 검은 토끼의 해라고 한다. 토끼라는 녀석은 해 맑은 순진하고 예쁜 소녀와 같다. 까만 눈망울을 이리저리 굴리며 긴 콧수염 아래 예쁜 입으로 풀들을 뜯어 먹는 모습을 보고 있노라면 너무 귀엽다.

난 어려서부터 토끼를 참 좋아했다. 마당 한쪽에 토끼장을 만들고 밖에 철망으로 이어주면 토끼장이 된다. 토끼라는 녀석은 번식력이 꽤 강한 동물이다. 시장에서 암, 수 한 쌍을 사다가 기르면 해가 다 가기 전에 여러 마리의 토끼로 급속히 수가 늘어난다.

난 지난해 12월 어느 날이었던가? 아내와 둘이 있는 날 우리 내년에는 토끼의 해를 맞아 모처럼 토끼나 좀 길러보자고 말했다. 아내는 대뜸 한마디로 그까짓 토끼는 키워 뭐하냐고 핀잔을 준다.

거절한 이유를 물으니 아내는 무엇보다도 토끼에서 나오는 냄새와 배설물 처리 방법 때문에 싫다는 말이다. 그러나 난 적당한 방법을 찾아서 한두 마리 사다가 길러볼 생각이다.

무엇보다도 볼이 터지라고 풀을 잔뜩 입에 물고 야무지게도 먹는 모습을 보면 너무 귀엽고 어서 봄이 돌아와 그 광경이 보고 싶다. 사람과 동물은 서로가 공존하며 살아가는 존재라고 했던가?

　언젠가부터 동물 애호가들이 부쩍 많아졌다. 애호가들의 종류도 수없이 많다. 가까운 공원에라도 가면 어른, 아이 할 것 없이 저마다 좋아하는 동물들을 품 안에 안고 지나가는 모습을 이젠 우리 곁에서 흔하게 볼 수가 있다. 지난 2020년 말 우리나라 반려동물 양육 가구가 604만, 반려인이 1,448만 명으로 반려인 1,500만 명의 시대를 눈앞에 두고 있다.

　사람들은 왜 반려동물을 좋아할까? 왜 이 나라에 늘라고 하는 인구수는 안 늘어나고 사람과 다른 동물을 사랑하는 사람들만이 해마다 천정부지로 늘어나고 있을까?

　누군가는 사람이란 더불어 살아가는 사회적 존재라고 말했다. 사회가 급속도로 변천되어 가면서 산업 농경사회에서 이루던 다자녀 가족 중심의 시대에서 이젠 핵가족 시대를 맞이하면서 대가족의 중심에서 탈피 혼자 사는 사람들이 날로 늘어나면서 멀리 사는 가족보다는 가까이 사는 사람들이나 함께 하는 동물이 더 나아서 그런가도 싶다.

　이런 현실에서 사람이 죽으면 화장장과 납 골당으로 보내지듯이 애완동물도 죽으면 동물 전용 장례식장이나 납 골당이 생겨나서 그곳으로 간다고 하니 앞으로 얼마나 더 진화되어 갈지 궁금하다.

참 이 시대는 말 그대로 모든 것이 급속도로 변해가면서 숨 가쁜 세상으로 빠르게 빨려 들어가는 것 같다 불과 엊그제의 일상들이 머나면 일로만 느껴지는 일상들이 정녕 나 혼자만의 생각일까 싶다.

세밑 한파라는 말이 있는데, 이제 시절은 소한, 대한이 다 지나고 봄이 온다고 하는 입춘(立春)이 머지않았는데, 어제부터 몰아닥친 설날 한파가 참 매섭다. 창밖에 눈보라가 몰아친다.

갑자기 몰아닥친 강풍, 한파는 설 귀성객들에게 참 어려움을 더했다. 강풍으로 비행기나 배가 운항에 차질을 빚으면서 고향을 찾아 나섰다가 포기하는 사람도 있고 기약도 없이 기다리는 사람도 있다. 저마다 자기가 살던 고향은 너나 할 것 없이 오랜 세월이 지날수록 더 생각나고 못내 더 보고파지는 것은 인지상정이라고나 할까?
중국발 코로나19 감염병! 생각만 해도 지긋지긋하다. 나라에서는 대국민 전염병 예방 차원에서 장장 3년 동안이나 입을 막고 살게 했던 그 답답한 마스크를 이제 벗어 던질 날이 코 앞인데, 사람들은 좀 더 자유로운 삶을 원한다.

제발 이제 이 땅에 저절로 새봄이 오는 것처럼 내 일상에 저 마스크는 빨리 사라져라. 이 땅에 어서 답답한 마스크 벗고 맘껏 저 맑은 공기 마시며 산빛 고운 3월의 정겨운 햇살 그립다.

아직은 내 눈에 보이지 않지만 머잖아 마당 가 담쟁이넝쿨 어우러진 자리에 호박돌로 촘촘히 쌓은 토담 앞에다가 예쁜 토끼장 하나 만

들어놓고 거기다 귀엽게 생긴 검정 토끼 한두 마리 길러볼 날을 기다
려본다.

　2023. 1. 25.

입춘(立春)이 다가오는데

예부터 세월(歲月)이 여류(如流)라고 하더니만, 참 그 세월 한번 빠르다. 소한, 대한이 막 지나가는 1월 하순의 날씨는 아직은 살갗을 스치는 바람이 차갑게 느껴진다. 마음속은 어느새 봄바람 살랑거리는 모습이 보고 싶지만. 겨울은 얄밉게도 저절로 찾아오는 봄을 눈 흘기며 바라본다.

장방형 시계 아래 하얀 벽에다가 새해 1월 달력을 달아 놓은 때가 엊그제 같았는데 언제 1월 한 달이 홀쩍 지나가 버렸을까? 누군가는 인생의 흐름이 저 달려가는 자동차 속도와 같다고 했던가? 내 나이 75세이니 시속 75*km*?

그러고 보니 내 연륜도 가만히 지난 세월 되돌아보니 참 파란만장한 끄름 속에 수많은 우여곡절을 거쳐 그동안 많이도 달려왔다. 이제는 정녕 나를 뒤돌아볼 때가 되었는가 싶다. 내 나이 이제 사계절로 쳐도 겨울에 접어들고 시간으로 계산해도 밤 10시가 다 되었는가 싶다.

누군가 말하기를 지금은 백세시대, 라고 말들을 하지만, 그건 저마다 주어진 것이 아니고 어떤 사람은 천수를 누려 백 세를 사는 사람들도 쌀에 누처럼 있다고 하지만 어디 그게 쉬운 일인가 인위적으론 할 수가 없지 않은가?

내가 사는 구례라는 고을은 전국에서도 가장 작은 농촌지역이다. 공장의 상징인 굴뚝이 하나도 없고 첩첩산중이라 공기는 참 좋다. 좋은 공기를 마신 탓인지 평균적으로 노인인구가 많은 장수의 고을이기도 하다.

구례군 인구수는 25,000명에 불과한데 이 중에서 노인인구가 차지하는 비율이 무려 40%에 육박한다. 그야말로 초고령 사회 지역이며 노인천국이다. 일 년내내 아이 울음소리 한번 안 들리는 삭막한 지역에 내가 살고 있다. 어쩌면 비록 먹을 것이 없어 참 힘든 삶이었지만, 그래도 그때 그 시절이 좋았다.

5일마다 서는 구례 장날은 소통의 공간이었다. 만나는 사람들은 반가운 마음에 구수한 국밥집을 찾아 뜨끈뜨근한 국밥에다가 술 한잔 나누며 정겨운 인사를 하곤 했던 모습들이며. 한 집에 보통 7~10명이나 낳은 토끼 같은 새끼들의 울음소리는 지금에 와선 못내 아쉽고 정겨운 그리움이었는지?

겨울 동백꽃은 봄이 오는 신호탄이라고 했던가? 우리 집 앞마당 토담 길 따라 두세 그루의 조선 동백나무에서 어느새 선홍빛 동백꽃이 여기저기 피어있다. 며칠 전만 해도 빨간 촉새가 보일락 말락 했는데, 앞다투어 나에게 봄을 알리려는 전령사처럼 참 곱게도 피어있다.

난 어려서부터 동백을 참 좋아했다. 어린 시절 이웃 상사마을 뒷산에 가면 동백나무 군립이 있었는데, 난 친구들과 그곳을 종종 갔었다. 집채만큼 커다란 바위 아래 군락을 이루며 피어나는 선홍빛 동백꽃들이 흐드러지게 피어있는 모습을 보면 마음마저 포근해진다.

점순은 나의 수탉을 때리고 자기네 수탉과 나의 수탉을 싸움 붙여 놓아 (중략)

나흘 전 일하고 있는 나에게 점순이 다가와서 감자를 쥐여 준다. 그러나 자존심이 상한 나는 이를 거절한다. (중략)

나는 매번 싸움에 패하는 나의 수탉에게 고추장을 먹여보기도 하지만 점순네 수탉을 이기지 못한다. (중략)

어느 날 나무를 하고 오는 길에 점순이 닭싸움을 시켜놓은 것을 보고 화가 난 나는 점순네 닭을 죽이고 만다. 그리고 겁이 나서 울음을 터트리는데 점순이 나를 달래 준다. (중략)

점순과 내가 같이 동백꽃 속으로 스러지면서 화해한다. (중략)

김유정이 1936년 발표한 『동백꽃』이라는 소설 속에 나오는 문장들이다. 향토색 짙은 농촌의 배경 속에서 인생의 봄을 맞아 성장하여 가는 충동적인 사춘기 소년, 소녀의 애틋한 정을 해학적으로 그린 김유정의 대표작이기도 하다.

동백꽃은 애타는 사랑(빨강), 누구보다 그대를 사랑한다(흰색), 비밀스러운 사랑, 굳은 약속 등으로 묘사되는 꽃이다. 난 왜 동백꽃을 좋아했을까? 어쩌면 내 사춘기 시절 한참 이성에 눈을 뜨일 때 남모르게 어떤 여인을 그리워하면서부터가 아닌가 오랜 세월이 지난 오늘에 와서 생각해본다. 사람이란 누구나 첫사랑이란 게 있다고 했던가? 라는 말로 항변해본다.

아내와 서시천공원을 산책하는데 저 멀리 한 곳에 달집이나 지으려는 듯 사람들의 손길이 분주하다. 긴 대막대기를 한 아름이나 군데

군데 세우고, 생솔가지를 두르고 그 안에 불쏘시개를 깊숙이 넣고 둥그런 달집을 만들어 나간다. 그리고 보니 설을 한참 지나 오늘이 정월 대보름날이다.

내 어린 시절 대보름 안날이면 깡통에다가 불을 넣어 빙빙 돌리면서 쥐 불놀이를 했는데, 주로 이웃 마을 청년들과 함께 불싸움을 하며 놀았는데 얼마나 재미가 있었던지 밤이 새는 줄도 모르고 놀이를 했던 기억이 난다.

달은 풍요의 상징이고 불은 모든 부정과 사악을 살라버리는 정화의 상징이라고 한다. 정월 대보름날 밤 달이 떠오를 때 생솔가지 등을 쌓아 올린 무더기에 불을 질러 태우며 노는 세시풍속으로 달집의 불꽃이 기울어지는 방향에 따라 풍, 흉을 점치기도 했다고 한다.

이제 정녕 봄이 내 곁에 가까이 오는가? 난 봄을 무척이나 좋아한 사람이다. 만산홍엽이 지나 하얀 가운을 입은 산천에 고운 봄 햇살이 천천히 스며들면 그 자리엔 어느새 아지랑이 입김 솔솔 불고 나면 눈엽(嫩葉) 고사리 움트는 소리 아스라이 들릴 테고,

저 산빛 고운 여린 봄 얼음 속을 살며시 나와 비스듬히 자란 갯버들 가지에 가느다란 촉새 트이는 소리 더 가까이 들린다. 잔잔한 미소 머금고 소리 없이 찾아온 이 봄이여! 어서 이 땅에 서광을 비추거라.

2023. 2. 2.

두부 장수

경칩 날의 아침은 참 맑고 포근하다. 24절기 중 세 번째 절기다. 개구리가 놀라 깨고 나아가 삼라만상이 겨울잠에서 부스스 일어난 경칩! 우수경칩이 지나선지 봄기운이 급속도로 올라간다.

만물이 소생하는 봄! 사시의 변화에 따라 단 한 치의 어김도 없이 내 곁에 찾아온 봄! 올 핸 더없이 아름답고 포근할 봄이 될성싶다. 뜨락에 산수유꽃이 노란 꽃망울을 수 놓으며 봄의 전령사답게 부지런히 봄기운을 실어 나른다.

아직은 이른 아침, 골목길에선 오늘도 어김없이 두부 장수가 문 앞을 지나면서 따끈따끈한 두부가 왔어요. 두부 사세요. 구수한 청국장이 왔어요. 청국장 사세요. 싱싱한 계란도 있어요. 계란 사세요. 매주 수요일, 토요일 아침이면 어김없이 문전을 돌며 구성지게 외쳐대는 소리다.

사람은 세상을 살아가면서 비가 오나 눈이 오나 꼭 먹어야만 살아가는 동물일까? 수요가 있기에 공급이 있다잖은가? 장사하신 그분은 이른 아침 정해진 날이면 하루도 빠지지 않고 꼭 찾아온다.

그분은 남원에서 오신 분이란다. 그러니까 아마도 꼭두새벽에 일어나 오늘 팔게 될 물건을 차에 싣고 그곳을 출발 이곳까지 온 듯하

216

다. 언제부터인가 정기적으로 오는 날 안 보이기라도 하면 조금은 궁금한 맘까지 든다.

그분은 식료품을 위주로 장사를 하는 분으로 아마 60대 중반의 나이다. 보기에 무척 순수해 보였으며 구수한 전라도 사투리로 수십 년간을 이 동네 저 동네를 돌아가며 물건을 파는 걸로 보아 소비자들의 호응이 좋은 것 같다.

장사!
장사란 무엇일까? 국어사전을 보니 장사란 상행위로 물건을 사고파는 행위를 말한다고 했다.

난 어려서부터 장사를 해 보는 게 꿈이었던 사람이다. 너무나 가난한 집에서 자라났기에 돈이 제일 아쉬웠다. 그래선지 나중에 내가 어른이 되면 엿장수를 해서라도 장사를 하여 큰돈을 벌어 보는 게 소원인 사람이다. 그러나 그 장사도 아무나 다 못한가 보다.

자라나면서 우리 집안은 환경과 여건이 내가 장사를 할 여건이 못되어 집안사정과 형편에 따라 그토록 어릴 때부터 꿈인 장사를 접고 공직에 들어가 반평생을 지방행정 공무원으로 재직하면서 살았으니 말이다.

나는 어려서는 전형적인 농촌에서 더더욱이 남의 소작농이나 했던 빈농의 가정에서 장남으로 태어났다. 해마다 이맘때 춘궁기 철이라도 되면 식량이 떨어져 끼니를 잇기 어려웠고 보릿고개를 걱정했던 때가 많았다.

이런 환경에서 태어난 탓인지 농사보다는 장사에 더 큰 매력을 가지며 자라왔기에 지금도 그 맘은 잊어버릴 수가 없다. 그즈음 우리 집 어머님은 채소 장사를 종종 하셨고, 외숙님은 제주도를 오가며 벌꿀 장사를 하셨다.

옛날에 두부 장수 아저씨들은 소리를 외치며 알렸다. 어떤 사람은 종을 치며 알렸다. 종을 댕그랑 댕그랑 치면서 이 동네 저 동네를 돌아다니면서 '두부 사려, 두부 사려'라고 알렸다. 정겨움이 묻어나는 소리에 동네에선 아줌마들이 우르르 몰려들며 두부를 팔고 샀으리라.

내가 어린 시절에는 여러 가지 장수들도 많았는데, 엿장수, 과일 장수, 방물장수, 동동구루무 장수 대나무로 만든 생필품들을 등에 잔뜩 메고 이 집 저 집 찾아다니며 물건을 파는 행상, 수없이 많은 종류의 보따리장수들이 많았다. 어느 때이면 얼굴이 거무스레한 아저씨가 엿판을 등에 지고 엿을 파는 모습을 보노라면 정겨움이 저절로 났던 시절이었다.

엿장수는 특히 떨어진 흰 고무신을 좋아하신다. 그 당시엔 너나 할 것 없이 돈이 귀한 시대라 돈보다는 낡은 농기구들이나 녹이 슨 쇠붙이들을 가져다 엿과 바꾸어 먹곤 했는데 어찌 그리도 달고 맛있던지, 간식거리가 별로 없던 그 시절엔 엿이 최고의 요물거리가 아니었는지?

어디 엿장수뿐이랴? 동동구루무 장수는 장구를 등에 메고 발을 움직이면 채찍이 양쪽으로 시간대로 나와 장구를 때리게 되어있어 걸으면서 자동으로 장단을 치며 다니는 화장품 장수의 모습을 보면 오랜 세월이 지난 지금도 입가에 살며시 미소가 떠오른다.

현대인은 물질 만능의 시대에 살고 있다. 집만 나서면 대, 소형 시장이며 마트가 있다. 어디 그뿐이랴! 손 위의 스마트폰에 손가락으로 몇 번 누르면 찾고자 하는 생필품이나 물건들을 손쉽게 구할 수 있으니 얼마나 편한 세상인가?

어머님은 키가 아주 작으셨다. 겨우 135㎝밖에 안 되는 작은 키에 텃밭에서 갓 수확한 고추며, 가지며, 부추, 감자 등 파실 물건을 머리에 잔뜩 이고서 2㎞나 떨어져 있는 읍내로 가신다. 작은 키에 무거운 채소 보따리를 이고 얼마나 힘들어하셨을까?

어머님이 채소 노점을 하시면서 힘들게 벌어들인 푼돈들은 대부분 우리 여섯 형제가 학교 다니면서 쓰는 학비에 보태었다. 참 험난하고 힘들었던 지난날들의 아픈 일들을 회상하니 목울대가 아려온다.

이 아침이 또 밝아온다. 오늘은 두부 장수가 오는 날이다. 저 멀리서 두부 장수 아저씨가 다가온다. "따끈따끈한 두부 사세요. 두부 사세요." 구성진 목소리가 오늘따라 정겨움으로 들린다.

2023. 3. 6.

거창 양민학살(良民虐殺) 추모공원을 찾아서

개구리가 겨울잠에서 깨어난다는 경칩(驚蟄)이란 절기가 엊그제 지나고 나니 겨울은 정녕 지나가려는가? 어느새 뜨락에 산빛 고운 봄 햇볕 따라 봄 입김이 더 가까이 다가온다.

오늘 난 10·19 여순 사건 구례유족회 회원의 자격으로 경남에 있는 거창 양민학살 유적지를 가고자 차에 올랐다. 거창사건은 근·현대사에서 국가폭력에 의해 수많은 양민을 잔인하게 학살한 사건으로 참극의 현장을 직접 둘러보고 그날의 참상을 되새겨 보고자 한다.

우리 일행을 태운 버스는 1시간여를 달려 거창군 신원면에 있는 추모공원에 도착했다. 추모공원으로 들어가는 입구에서 주변을 둘러보니 공원 한쪽에 추모비가 일렬로 가지런히 놓였다. 난 나도 모르게 한 시대를 잘못 만나 75년 전 밤에 전신주 보초 잘못 섰다는 죄로 경찰들에게 끌려가 서시천 다리 아래에서 무참하게 총 맞아 돌아가신 작은아버지가 불현듯 생각났다.

거창 양민 학살사건은 근 현대사에서 제주 4·3 사건, 10·19 여순 사건에 이어 세 번째로 일어난 양민 학살사건으로 기록되는데 국가 공권력에 의해 무차별하게 양민들을 학살한 사건이다.

그러면 여기서 거창사건의 개요를 보자.

1951년 2월, 거창에 주둔하고 있던 11사단(사단장 최덕신 준장) 9연대(연대장 대령 오익경) 3대대(대대장 한동석)은 '건벽청야' 작전이라는 기본방침을 세우고 지리산 공비 토벌 전투를 펼쳤다.

'건벽청야' 작전이란 인민군이나 빨치산들이 주민들로부터 식량을 확보하거나 인력과 물건을 이용하지 못하도록 산간 벽촌의 물자를 옮기고 가옥을 파괴하는 작전이라고 한다.

이러한 가운데 거창에 주둔하고 있던 일부 군인들은 산에 연접한 마을에 들어와 다짜고짜로 공비와 내통했다는 억울한 누명을 씌우고 어린아이와 부녀자 어르신들에 이르기까지 총 719명을 연행하여 무참하게 살인의 만행을 저질렀던 끔찍한 사건이다.

사건의 내용을 보면 1951년 2월 9일 신원면 덕산리 청연골에서 주민 84명 학살, 1951년 2월 10일 대현리 탄량골에서 주민 100명 학살, 1951년 2월 11일 과정리 박산골에서 주민 517명, 연행하는 도중에 18명으로 총 719분이 영문도 모른 채 군인들에게 무참하게 학살을 당했다.

더욱이 천인공노(天人共怒)할 일은 총검에 무지막지하게 학살되어 처참하게 엉켜있는 시신 위에 나무와 기름을 뿌려 불로 태워버리기까지 한 악행을 저질렀다고 한다.

어디 그뿐이랴! 1951년 3월 30일 국회와 내무, 법무, 국방부와 합동 진상조사단이 구성되어 1951년 4월 5일 합동 진상조사단이 신원면 사건 현장으로 오고 있었는데 당시 길 안내를 맡았던 경남 계엄 민사부장(김종원 대령)은 신성모 국방부 장관과 사전에 모의 9연대 정보 참모 최영두 소령의 휘하에 있는 수색소대 군인들을 공비로 위장하여 매복을 시켰다.

거창읍에서 신원면으로 통하는 험준한 계곡의 길목인 수영 더미 재에서 합동 진상 조사단에게 일제히 사격을 가해 조사를 방해, 조사도 못 하고 되돌아가게 하는 등 국방의 의무를 진 군인으로서 사건을 은폐하기에 급급했다.

한편 1951년 7월 27일 사건 발생 5개월여 만에 대구 고등 군법 회의는 재판장에 강영훈 준장, 심판관에 장진완 준장, 이용문 대령, 법무관에 이운기 중령, 검찰관에 김태청, 중령 등 심판부를 구성하여 1951년 12월 15일 구형 공판에 이어 동년 12월 16일 판정 판결문에서,

9연대장 오익경 대령 무기징역 (구형: 사형)
3대대장 한동석 소령 징역 10년 (구형: 사형)
소대장 이종대 소위 무죄 (구형: 징역 10년)
경남 계엄 민사부장 김종원 대령 징역 3년 (구형: 징역 7년)

이렇게 관련된 군 지휘관에게 실형이 확정됨에 따라 책임이 국가에 있다는 것을 처음으로 인정하였다.

거창군에서는 아픈 역사를 조금이나마 치유하고자 1998~2004년(계속 사업)까지 일차 위령 사업으로 추모공원을 만들었는데, 면적 50,000여 평, 사업비 200억을 들여 조성하여 산자락에 아담하게 만들

었고, 지금도 계속하여 사업을 이어가고 있다고 한다.

추모공원 한쪽에 희생자 묘역은 제1, 제2의 두 곳으로 나뉘어 희생자 719분의 비가 일렬로 가지런히 서 있었다. 영문도 모른 채 공비 토벌 명령을 받고 출동한 군인들이 양민을 학살한, 끔찍한 만행을 저질렀던 한 맺힌 사건이다.

거창 군청에서는 여순 구례유족회 일행이 왔다고 하니 미라서부터 해설사를 보내 거창사건 추모공원에 조성 경위와 주요 시설들에 대하여 건물을 돌아가며 능숙한 언어로 일일이 그날 역사의 참상을 현실감 있게 설명하는 등 우리 일행을 따뜻하게 맞이하였다.

한국전쟁이 남긴 가장 아픈 상혼(傷魂) 중 하나가 민간인 학살이라 생각한다. 바로 이곳 신원면에서 6·25 전쟁 중 1951년 2월 9일부터 11일까지 3일간 박산골 외 3곳에서 자행된 국가폭력에 의해 무려 719분이 영문도 모른 채 처참하게 죽어갔으니 어찌 통분하지 않으랴!

동병상린(同病相憐)이라고 했던가? 여순 사건 유족으로서 감회가 새롭다. 이제 국가는 오늘도 구천을 떠도는 넋을 위해 왜곡된 역사를 바로잡고 유가족들에게 진심 어린 사과와 배, 보상이 조속히 이루어져야 할 것이다.

2023. 3. 9.

하나의 이별(離別)

아직은 여명(黎明) 이른 새벽이다. 머리맡에 둔 스마트폰이 갑자기 요란하게 울린다. 짐작은 했지만 의정부에 사는 여동생의 부음이다. 몸이 많이 안 좋다는 소식을 듣고 며칠 전에 문병차 올라가서 보았는데…….

침상에 초라하게 누워있는 동생의 얼굴을 보니 흐트러진 머리며, 초췌한 모습을 보니 난 금세 눈물이 쏟아진다. 71년 동안 길다면 길고 짧은 동생과 수많은 인연 들을 생각하니 너무 맘이 아팠다. 차마 혼자 두고 내려오려니 애간장만 토해내고픈 심정이었다. 그때가 엊그제인데, 기어이 돌아갔다는 부음이다.

동생은 어려서부터 워낙 약하게 태어났다. 어쩌면 열 형제 중에서 나처럼 참 약하게 태어났는데, 어머니 뱃속에서 만삭을 못 채우고 아홉 달 만에 태어났다. 어려서부터 숨결이 가쁘고 특히 심혈관 쪽에 더 약한 편이었다.

약 10여 년 전 심장 판막증이란 큰 병으로 진단받아 곧바로 수술을 받아서 약을 복용 하고 있는 가운데 또다시 뇌경색으로 머리에 큰 수술을 하기도 했다. 그 후로는 병에 대한 염려와 걱정으로 심한 우울증, 공황장애로 수면제가 아니면 하룻밤도 잠을 이루지 못한 지경까지 이르렀고, 그런 세월 들이 어느덧 10여 년, 고통스럽게 투병 생활을 하다가 죽음을 맞이한 것이다.

발인하는 날이다. 이제는 다시 동생을 이 땅에서는 보지 못할 영영 이별의 시간이다. 영정 앞에서 오열하는 세 딸 하며, 홀로 남게 된 남편, 그리고 사랑하는 가족, 형제들을 뒤로하고 동생은 저세상으로 떠나가는 마지막 순간이다.

난 하얀 종이 위에다 사랑하는 동생을 마지막으로 보내는 추모시(追慕詩)를 지어 손녀에게 읽게 했다. 또박또박 읽어 내려간 애달픈 추모시에 장내는 금세 또 한바탕 눈물바다를 이룬다.

발인을 마치고 운구차는 성남에 있는 화장장에 당도했다. 입구에서 잠시 대기하는 중에 차 창밖으로 눈을 돌려보니 가족, 형제를 잃고 이곳 화장장에 온 일행들이 속속 도착하고 또 여기저기서 오열하는 소리가 처량하게 들린다.

그런데 한 가지 눈에 띄는 게 있었다. 대다수의 보통 사람은 장례전용 버스로 운구를 하는데, 저 한쪽에선 고급 리무진 검은 승용차 한 대가 좌우를 가로지르며 멈추더니 호화롭게 꾸민 운구를 내려 순서를 따라 화장장 안으로 들어가는 모습이 보였다.

그러나 분명한 것은 가진 자나 못 가진 자나, 고급 차에 실려 온 사람이나 보통 차에 실려 온 사람들이나 죽은 사람 최후의 모습은 정녕 마찬가지일 것이며 또한 한 줌의 재로 변하여 나온 것은 똑같으리라.

저 건너편에 있는 하얀 건물 화장터에서는 사방에서 운구해 온 시체들을 정해진 순서에 따라 처리하고 모두가 하나같이 단 한 줌의 재를 변하여 유골함에 담겨 유가족의 품에 건넨다. 그러고 나면 한 줌의 재들은 평장, 수목장, 혹은 납골당에 안치하는 방법으로 고인을 영면에 들게 하리라.

사람은 이 세상에 단 한 번 태어나 저마다 주어진 환경과 여건 속에서 잠시 살다가 수명이 다하면 죽게 되어 있다. 그 죽음이란 그 누구도 피해 갈 순 없다. 그러기에 우린 숙명적인 유한의 존재이다.

그래서 성경에선 일찍이 한번 죽는 것은 정한 것이라고 말했고, 흙으로 지었으니 나중에는 흙으로 돌아가리라 했다. 또 너희 생명이 무엇이냐? 너희는 잠깐 보이다가 사라지는 이슬과 같고 안개와 같다고 했다.

"이 세상에 죽음만큼 확실한 것은 없다. 그런데 사람들은 겨우살이는 준비하면서 죽음은 준비하지 않는다."라고 러시아의 문호 톨스토이는 말했고, 이탈리아 마닐리우스라고 하는 시인은 "우리는 태어나자마자 죽기 시작하고 그 끝은 시작과 연결되어 있다."라고 말했다.

또한 이탈리아가 낳은 예술가이자 과학자 레오나르도 다 빈치는 "잘 보낸 하루가 행복한 잠을 가져오듯 잘 산 인생은 행복한 죽음을 가져온다."라고 말했다. 사람은 저마다 행복하게 살고 싶고 행복하게 죽음을 맞이하고 싶을 것이다.

그러나 그 행복이란 것도 저마다 다 주어진 것은 아닌 성싶다. 앞

서간 동생은 타고난 운명인지 오랜 투병 생활로 가족들도 소원해지고 평소 인정이 많은 탓에, 친구들이 그리도 많이 따랐는데 언젠가부터 시나브로 하나둘씩 다 떨어져 버리고 언젠가부터 고독하게 쓸쓸한 최후를 맞이한 동생을 생각하니 너무 서글프다.

어려서는 가난한 가정에 태어나 살았고 젊어서는 돈을 벌기 위해 일찍이 서울로 올라가 하루하루 건설 노동자로 힘겨운 일을 하면서 피나는 노력 끝에 중년에는 제법 돈도 좀 모아 이제는 좀 살만한가 했더니만, 행복의 여신은 저 멀리 도망이라도 갔는가? 그만 몹쓸 병이 찾아와 긴 투병 생활에서 회복을 못 하고 끝내 숨을 거두니 목울대가 아려온다.

산빛 고운 3월 화려한 봄이다. 봄의 전령사인 노란 산수유와 개나리가 부산을 떤다. 아직은 깊은 겨울잠에서 채 눈 비빌 틈도 주지 않고 저만치 겨울을 밀어버리고 찾아온 봄, 그 햇살 잔뜩 머금고 언제 이리도 예쁜 벚꽃들이 피어났을꼬, 참 그놈의 세월 한번 빠르다.

새해가 와서 송구영신 예배를 드린 적이 엊그제 같은데 어느새 3월 하순에 접어들고, 그리고 보면 이해도 석 달이 금방 지나가 버린다. 누군가는 사람의 나이가 지나가는 속도를 가르쳐 자동차의 속도를 비교한다. 그리고 보면 내 나이 어언 칠십 대 중반이니 시속 75km?

언제 그리도 빠르게 지나갔을까? 누구에게나 오가는 봄이라지만, 이 봄은 난 잔인한 봄이 될 것 같다. 그러니까 지금으로부터 꼭 44년 전 내 바로 밑에 남동생(당시 29세) 고깃배를 타다가 망망대해에서 조

난사고를 당해 요절한 일이 있었으니…….

사람은 태어날 적엔 순서대로 세상에 태어나는데, 왜 돌아갈 때는 순서가 없을까? 아무리 초로인생(草露人生)이며, 저마다 종국에는 한 줌의 흙으로 돌아가지만, 그래도 봄 여름, 가을, 겨울은 세월을 갉아먹으며 쉼 없이 오간다.

동생은 나보다 다섯 살 아래 여동생이다. 나의 어머니는 키가 150 *cm*가 채 안 되는 작은 체구에 자식을 열 명이나 낳으신 분이다. 아기 한 명 낳기도 어려운 이때, 생각하면 저절로 격세지감(隔世之感)을 느낀다. 오늘따라 작은 체구에 인자하신 어머님 얼굴이 너무 그립다.

2023. 3. 31. 동생을 보내며.

노인관광 소고(小考)

청명(淸明)이 지난 4월 중순의 바깥 날씨는 싱그러운 봄 햇살이 무르익어가면서 하늘은 맑고 물은 곱다. 섬진강 자락에 봄이 오는 소리가 들리면서 오만가지 꽃들이 시샘하며 아름다운 꽃들을 피우기에 분주하다.

세월이 덜커덩 내려앉는가 싶더니만, 봄이 시나브로 자취를 감추고 나뭇가지에 초록 잎으로 옷을 갈아입는다. 예부터 무정세월(無情歲月)이란 말이 있다지만 어찌 그리도 세월은 빠르게 지나가 버릴거나?

오늘은 마을 노인회에서 관광을 가는 날이다. 산 밑에 살아선지 마을 사람들은 바다를 자주 찾는다. 오늘은 고흥과 여수, 순천지역을 둘러보기로 했다. 팔 영 대교를 시작으로 8개의 섬을 지나 여수로 가는 도로로, 눈으로 보면서 비단 같은 바다 풍경을 즐기는 관광 코스이다.

오늘 버스에 동행하는 사람들은 마을에서 노인회로 가입한 65세 이상의 남자 노인들이다. 농촌 마을치곤 제법 큰 마을이지만 노인회에 가입 활동을 하는 노인들은 약 20명 정도이다.

그러나 언젠가부터 날이 가고 해가 갈수록 노인 수는 점점 줄어드는 추세이다. 그도 그럴 것이 노인들은 해마다 자연히 돌아가시고 반대로 대를 바쳐줄 젊은 층은 없는 관계로 노인 수가 따라서 줄어드는 추세이다.

사람들은 저마다 단 하루를 살더라도 건강하게 사는 것을 최고의 미덕이며, 행복이라고 생각한다. 그러나 세상사가 어디 건강하게 사는 것이 쉬운 일인가. 나이가 들어가면서 여기저기 안 아픈 사람이 어디 있으랴!

아무리 백세시대라고 하지만 7~80이 넘어가면 사람들은 여기저기 안 아픈 사람이 어디 있는가? 대부분의 노인은 오랫동안 고단한 농사일에 밤낮을 가리지 않고 일을 하다 보니 허리며 다리며 성한 곳이 어디 있는가?

버스 안 풍경은 나이에 걸맞게 7~80년대 조용한 음악이 흐르고 있었고 사람들은 말소리조차 별로 들리지 않은 조용한 분위기다. 평소에 힘겨운 농사일에 얼마나 힘겨웠는지 얼굴은 온통 주름살이며 입가에도 주름살만 가득했다. 의자에 기대어 눈을 감고 조용히 명상에 잠겨 있거나 축 처진 모습들이다. 어쩌면 이 모두가 나이 탓이라 생각하고 싶다.

나이엔 장사가 없다고 했던가? 그토록 힘이 넘쳐 팔팔하던 기상이며, 당찬 모습들은 다 어디로 갔을까? 홍안은 어디 가고 저마다 온통 주름진 형상들인가? 보는 맘이 왠지 못내 무겁고 애련하다.

어디 내가 보는 사람만이 그럴까? 나의 자화상은 어떤가? 언젠가부터 사진 찍는 것을 멀리하고 있다. 그전 젊은 시절 사진 찍는 것을 무던히나 좋아했던 내가 아닌가? 사진에 미쳐 돌아다니던 그 모습은 다 어디로 가고 지금은 내 곁에 카메라 같은 것은 멀리한 지 오래다. 그러고 보면 사람은 환경적 지배를 받은 존재임이 틀림이 없는가 싶다.

필자가 젊은 시절 7~80년대만 해도 마을마다 화전(花煎)놀이란 게 있었다. 해마다 5~6월 무렵이면 온 동네 사람들이 한데 모아 푸성귀 지짐에다가 막걸리를 서로 주고받으며 화전(花煎)놀이를 하곤 했는데 이때 놀이에 빠지지 않고 등장하는 노래가 청춘가(靑春歌)이다.

아니이 아니 놀지는 못 하리라. 명사십리 해당화야 꽃이 진다. 잎이 진다. 서러워 마소 명년(明年) 삼월 돌아오면 그 꽃 다시 피련마는 우리 인생 한번 가면 싹이 트냐. 잎이 피냐. 노세. 젊어서 놀아. 늙고 병들면 못 놀아요. 나무라도 고목이 되면 여든 새도 아니 오고 물이라도 건수가 지면 놀던 고기도 아니 놀고 꽃이라도 낙화가 지면 오든 나비도 아니 와요. 우리라도 병이 들면 오든 친구도 아니 온다. 노세. 젊어서 놀아. 늙고 병들면 못 놀아요.

이 노래를 가만히 들어보면 청춘이 덧없이 흘러가는 모습을 애잔하게 그려지는 느낌이 든다. 그렇다 사람이란 아니 젊음이란 다시 오지 않으며 늙고 병들면 놀고 싶어도 못 논다고 말해주고 있다.

버스는 고흥 팔영대교를 출발하여 8개의 섬과 섬을 연결하는 도로를 달려가면서 여수 화양면으로 이어진다. 섬 길은 그야말로 비단길이다. 일행은 점심을 먹기 위해 여수 시내에 있는 어느 음식점으로 갔다.
점심 메뉴는 회 정식이었는데 밥값이 장난이 아니었다. 벽에 붙인 상차림 가격표를 보니 회 정식으로 1인당 45,000원이었다. 45,000원이라면 20㎏들이 쌀 1포대와 거의 맞먹는 가격이다. 현시세를 보아 쌀 한 포대 가격이 49,500원이니 입이 벌어진다. 산술적으로 계산해 보니 오늘 점심값은 1인당 거의 쌀 한 가마를 먹는다는 이야기다.

쌀값 말이 났으니 말이지만 필자가 2~30대인 7~80년대만 해도 노동자의 하루 품삯이 겨우 쌀 한 되였는데, 이거야말로 그 시절이 좋았다고 해야 할지 안 좋았다고 해야 할지 맘이 무겁다.

상위에 나오는 음식은 대체로 비싼 값만큼 맛은 있었다. 일행은 점심을 맛있게 잘 먹고 다시 버스에 올랐다. 오는 길에 순천 국가 정원에 잠시 들렸는데 평소에 간혹 들린 곳이라 눈에 익었다. 오만가지 꽃들이 때맞춰 기화요초(奇花妖草)로 변해 저마다 맘껏 고운 자태를 뽐내며 반기고 있다.

이제 하루해가 서서히 저물어 간다. 서쪽 하늘로 가느다란 초승달이 보일락 말락 고개를 내민다. 누군가는 오늘이 나에게 가장 젊은 날이라고 했던가? 늙기도 서러운데 짐을 조차 지실까? 라고 말한 송강 정철 선생은 누구를 보고 말했을까? 선생의 시 한 줄이 살며시 생각난다.

2023. 4. 30.

백호(白湖), 임제(林悌)를 기리다

좋으나 굳으나 4월도 다 지나간다. 세상이 온통 꽃 천지로 아름답게 피고 지며 연초록 새순이 돋아나고 꽃만큼이나 예쁜 나뭇잎들이 햇살에 반짝이는 4월도 지나 오월이 눈앞에 다가온다.

계절의 변함에 자연의 위대함을 새삼 느끼며 4월이 지나가는 즈음에 어쩌면 나를 비껴가는 세월인 줄 알았는데 내 곁에 더 바짝 달라붙어서 달려오는 길이라 시속 75㎞로 달리는 자동차의 무서운 속도를 상상(像想)해본다.

오늘은 전남 문협이 주관하고 회원들이 함께하는 문학기행 가는 날이다.

이번 문학기행 주요 목적은 백호(白湖) 임제(林悌)의 삶과 학풍이라는 주제로 문학 세미나가 있었는데, 먼저 발제자로 이계표 전라남도 문화재 위원이 맡았고, 토론으로는 윤영훈 한국문협 부이사장, 좌장으론 강대영 나주지부장이 각각 맡아 진행을 했다. 약 40여 분에 걸쳐서 백호 임제에 대한 열띤 토론이 있었는데 그 주된 내용을 요약정리하면 다음과 같다.

백호 임제는 명종, 선조 때 사람으로 본관은 나주(羅州)이다. 회진면에서 태어난 조선 중엽의 문인으로 자는 자순(子順) 호는 백호(白湖)이다. 5남 3녀의 장남으로 부인은 경주 김씨로 대사헌을 지낸 만균(萬鈞)의 딸이다. 백호는 옥과현(玉果縣)

무진장이란 곳에 외가(外家)가 있었다.

1577년(29세) 정월에 속리산에서 나와 그해 9월에 문과에 급제하여 승문원 정자에 배수되었고, 알성방(謁聖方) 15인(人)을 뽑는 중에 2명으로 들었다.

1582년(34세)에 해남 현감이 되었고 1583년(35세) 선조 16년 평안도 도사를 부임했다. 이때 송도(松島)를 지날 때 황진이 무덤에 글을 지어 제(祭)를 지내니 후에 조정에서는 이 사실을 알고 비난을 받기도 했다. (어우야담)

청초 우거진 골에 자는다 누웠는다
홍안은 어디 두고 백골만 묻혔나니
잔 잡아 권 할이 없으니 그를 슬허 하노라
(청구영언)

1584년(36세) 선조 17년 겨울에 평안도 도사의 임기를 마친다. 이때 부벽루에서 몇몇 문인들과 수창하여 『부벽루 상영록』이란 저서를 남겼다. 1587년(39세) 6월 선조 20년 부친 절도공의 상(喪)을 당했다. 같은 해 두 달 뒤인 8월 11일 39세 일기로 생(生)을 마감했다.

공의 마지막 관직은 예조정랑(禮曹正郎) 겸 사국지제교(史局知製教)이다. 자만(自輓: 스스로 애도하는 글)이라는 글을 남기기도 했는데 이를 소개하면 다음과 같다.

강호상(江湖上)에 풍류(風流) 40년 세월에
맑은 이름 얻고도 남아 사람들 놀래었네.
이제 학(鶴) 타고 티끌 세상 벗어나니

천도(天桃) 복숭아 또 새로 익으랴.

인생은 짧고 예술은 길다고 했던가? 공은 어려서부터 기질이 호방하고 예속에 구애받지 않고 혼란한 시대를 비판하여 풍류 기남이라 불렀다. 비록 39세로 짧은 생을 마쳤으나 고뇌의 삶과 빼어난 정신은 1천여 수(首)의 시와 산문, 소설을 남겼다.

대표작품으로 시조(時調)「청초 우거진 골에」, 「한우가」등과 소설로는 「원생몽유록(元生夢遊錄)」, 「수성지(愁城誌)」, 「화사(花史)」, 여행기인「남명소승(南溟小乘)」등이 남겨져 있다. 또한 공은 천성이 지나치게 자유 분망해서 스승이 별로 없었다고 한다.

백호 임제는 1549년에 태어나 1587년 39세, 조선조 중엽(명종, 선조)에 사셨던 분으로 이제 몰(沒)한 지 436년이 되었지만, 그분이 남긴 거침없는 사상과 독특한 문학은 후세 문학인들에게 큰 족적(足跡)을 남겼다.

2023. 4. 30.

만남과 헤어짐은 인생(人生)의 사슬

창밖에 싱그러운 오월의 햇살이 눈부시다. 제철 만난 장미가 어제 내린 비에 몸을 흠뻑 적시더니만, 더 고운 장미꽃을 피우기 위해 꽃망울 터트리는 소리가 더 가까이 들린다.

아카시아, 장미 향은 봄에만 찾아오는 예쁜 꽃으로 언제 보아도 좋다. 그래서 오월에는 계절적인 요인으로 오월의 신부가 많은가 보다.

누군가는 인생의 만남과 헤어짐은 인생을 이어주는 고리이며 사슬이라고 말한다. 부모와 자식으로 살아가는 것도 역시 하나의 만남, 피할 수 없는 만남이었다. 세상과 사람을 믿지 못해서 미움으로만 살았던 아버지의 낭비된 삶 역시 흐르는 시간의 한 토막이었다.

제대로 흐르지 못한 흐름이었어도 그것은 흐름이 시간이었다. 가는 듯 가지 않고 흐른 듯 흐르지 않은 인간의 삶. 그래도 세월이 시간처럼 흐르고 나면 과거가 아름다워지는 이유가 무엇일까? 돌아가고 싶지 않은 어린 시절조차 소나기가 한 줄 뿌리고 난 다음의 여름 하늘처럼 맑게만 기억되는 까닭은? 그것은 인생의 십우도(十牛圖)에서처럼 때를 벗는 과정이기 때문인지도 모른다.

언젠가부터 세월이 참 빠르다는 걸 느껴본다. 나만이 빠르게 느껴보는 세월의 지나감은 정녕 아니련만 활시위에서 떠난 화살처럼 빠르게 지나가는 모습은 다 마찬가지일 거라 생각한다.

프랑스가 낳은 소설가이며 극작가인 로망롤랑은 인생이란 왕복표를 발행하지 않기에 한 번 출발하면 다시는 돌아올 수 없다고 말했다. 누구나 잘 알고 있는 사실이지만, 우리 가슴에 따끔한 충고로 다가온다.

우리는 다시 돌아올 수 없는 길을 가고 있음에도 마치 언제라도 쉽게 돌아올 듯이 가볍게 가고 있다. 그러기 때문에 우리의 행보는 한 걸음 한 걸음 신중해야 하고 허튼 삶을 살 수가 없는 것이다.

오늘따라 나의 한 친구가 한 말이 생각난다. 자고 나니 한 친구가 떠나고 없더라는 것이다. 모두가 붉게 불타는 황혼 녘, 언제 헤어진다고 하는 기약 없는 하루하루, 서로가 위로하고, 용서하며 안아주는 아름다운 세월을 만들어서 나가야 하지 않을까?

우리네 인생(人生)을 길 떠나가는 인생이라 했던가? 언제 떠나는지 서로 잘 모르지만 기다리다 보면 서로 만나 웃기도 하고 애절한 사연 서로 나누다 두 갈래길 돌아서면 어차피 헤어질 사람들! "더 사랑해줄걸, 더 안아줄걸" 하고 후회할 것인데…….

사람들은 왜 그리도 못난 자존심 때문에 서로를 용서하지 못하고 이해하지 못하고 비판하고 서로를 미워했는지, 사랑하며 살아도 너무 짧은 시간들인데, 베풀어주고 또 나눠줘도 남을 텐데, 무슨 욕심이 그리도 많아 무거운 짐만 지고 가는 고달픈 나그네 신세들이란 말인가? 그날이 오면 다 벗고 갈 텐데…….

사람은 누구나 오랫동안 행복하게 살기를 원한다. 그러나 인생 70년, 강건하면 80이란다. 후엔 풀이 잠깐 있다가 시들어버린 것처럼 사라진다. 그 어떤 노력을 해도 개인적인 종말이든 우주적인 종말이든 반드시 나면 죽게 되어 있다. 그리고 그 죽음 후에는 하나님의 심판이 있다.

그래서 성경에서는 한번 죽는 것은 사람에게 정하신 것이요. 그 후에는 심판이 있으리니(히브리서 9:27) 그래서 부자나 나사로 둘 중에 어느 한 편의 처지가 나의 처지임을 알아볼 것이라.

이 시간 갑자기 이광수의 「서울로 간다는 소」라는 시(詩)가 생각난다.

서울로 간다는 소
춘원(春園) 이광수(李光洙)*

깍아 세운 듯한 삼방 고개로
느런 소들이 몰리어 오른다.
꾸부러진 두 뿔을 들먹이고
가는 꼬리를 두르면서 간다.
움머 움머 하고 연해 고개를
뒤로 돌릴 때에 발을 헛짚어
무릎을 꿇었다가 무거운 몸을

한걸음 올리곤 또 돌려 움머!

갈모 쓰고 채찍 든 소 장수야

갓모 산길이 험하여 운다고 마라.

떼어 두고 온 젖 먹이 송아지

눈에 아른거려 우는 줄 알라.

삼방 고개 넘어 세포, 검불렁

같은 끝없이 서울에 닿았네.

사람은 이길을 다시 올망정

새끼 둔 고산 땅 소는 다시 못 오네.

안변 고산의 넓은 저 벌은

대대로 네 갈던 옛터로구나.

멍에의 벗겨진 등의 쓰림은

지고 갈 마지막 값이로구나.

2023. 5. 5.

---

*한국이 낳은 문호(文豪)라는 칭호를 받은 인물이나, 친일 행적으로 반민족 행위자로 낙인, 명예를 실추당함.

역사 유적지를 찾아서

차창 밖으로 싱그러운 오월의 햇살이 참 아름답다. 이해도 농번기가 돌아오는가? 밀, 보리가 한창 익어가는 남녘에는 모내기 준비에 서두르는 모습인데, 중부지방으로 지나면서 널따란 들판은 벌써 모내기가 한창 시작되었는가 커다란 이앙기가 부지런히 오간다.

오늘따라 농촌 들판에서 농부들이 소를 몰아 논을 고르고 일꾼들이 군데군데 모여 못줄을 띠어 가며 아낙네들의 모내기하는 모습이 살포시 보고 싶다.

며칠 전부터 계획한 경기지방 역사 유적지 탐방차 난 오늘 난 가벼운 옷차림에 길을 나선다. 먼저 들른 곳이 경기도 고양에 있는 행주산성이다.

행주산성은 사적 제56호로 성은 동서로 약간 긴 형태로 1.0㎞라고 한다. 삼국시대 때 처음 지어져서 조선시대에 대규모 개축이 이루어지고 임진왜란 이후 중건하여 내려오고 있는 성이다.

삼국시대 초기에 해당하는 유물이 출토되었다. 고려 시대 것으로 보이는 기와 조각도 발견됨에 따라 삼국시대에 건설된 후 고려 시대까지 사용된 것으로 알려져 있다. 이 좁은 산성이 조선시대 임진왜란(1592) 때의 행주대첩으로 유명하다.

행주대첩은 임진왜란 3대 대첩 중 하나로 선조 26년(1593)에 왜병과의 전투에서 성안의 부녀자들이 치마에 돌을 날라 병사들에게 공급해 줌으로써 큰 승리를 거두었다. 당시 부녀자들의 공을 기리는 뜻에서 행주라는 지명을 따서 '행주치마'라 하였다고 한다.

이 산성은 한강 유역에 있는 다른 산성들과 함께 삼국시대 이후 중요한 방어의 요새 역할을 한 곳으로 1603년에 세운 '행주대첩비'가 있으며 당시 방어에 군사를 지휘하여 공을 세운 권율 장군의 동상과 충장사가 있다.

행주산성을 지키기 위해서 권율 장군은 왜군과 맞서 성내 부녀자들을 독려 돌을 날라 병사들에게 주어서 적들을 무찔렀다고 한다. 많은 왜군과의 싸움은 정녕 힘들었으리라. 하얀 행주치마에 돌을 듬뿍 담아서 병사에게 날라 주는 일, 얼마나 힘들고 고달팠으랴! 생각하니 눈시울이 아려온다.

고려궁지는 사적 제133호로 강화군 강화읍 관청리에 있는 고려의 궁궐터이다. 안내판을 들여다보니 고려가 몽골의 침입을 피하여 개경에서 강화도로 천도한 해인 1232년(고종 19년) 6월에 창건되었다.

고려는 고종 19년 최우의 권유로 도읍을 송도에서 천혜의 요새인 강화로 옮겼다. 이때 옮겨진 도읍 터가 고려궁지로 원종 11년(1270) 개성으로 환도할 때까지 38년간 사용되었다.

고려궁지는 송도궁궐과 비슷하게 만들어졌고 궁궐 뒷산 이름도 송악이라 하여 왕도의 제도를 잊지 않으려 하였다고 한다. 1636년 병자호란 때 강화성이 청나라군에게 함락되는 등 여러 차례 전란을 겪으면서 궁궐과 성은 무너지고 말았다.

그 후 고려 궁터에는 조선시대의 건물인 승평문, 강화유수부 동헌, 이방청, 종각 등이 복원되어 있으며, 강화유수부 동헌 앞 뜨락에는 600년이 된 팽나무 한 그루가 무성하게 서 있었다.

강화유수부 드넓은 뜨락 서편에는 외규장각이 있고, 보물 제11-8호인 동종이 있었는데, 이 동종은 조선시대 강화 성문의 여는 시간과 닫는 시간을 알리는 데 사용되었다고 한다.

난 고려궁지를 뒤로한 채 조선조 10대 왕인 연산군의 유배지를 가기 위해 차를 달렸다. 강화읍을 빠져나와 교동면으로 향했다. 그전에는 교동도는 섬이었다고 한다. 2014년 7월 1일, 강화도와 교동도를 잇는 교동대교가 개통되면서 접근성이 빨랐다.

강화군 교동면에 위치한 연산군 유배지에는 연산군이 유배될 당시의 모습과 유배하면서 머물던 초가가 조형물로 만들어져 있었다. 연산군은 조선조 제10대의 임금(재위 1494~1506년)이다.

재위 기간 폭군으로 수많은 신진 사류를 죽이는 무오사화와 갑자사화를 일으키고 생모 윤씨의 폐비에 찬성했던 윤필상 등 수십 명을 살해하였다. 결국 중종반정에 의해 왕위에서 폐위되어 강화도 교동으로 유배되었으며 1506년 이곳에서 사망했다.

유배지 문화관에는 강화도와 교동도 역사와 교동도에 유배 온 왕과 왕족에 대한 이야기를 자세히 안내하고 있었다. 북쪽으로 보니 폐왕이 머물던 곳을 조형물로 만들어 그날의 모습을 생생하게 볼 수가 있었다.

권불십년(權不十年)이라 했던가? 조선조 중기 천하를 호령하면서 4대사화(4大士禍)라는 끔찍한 사건을 일으켜서 수많은 사람을 살해하여 폭군으로 악명높은 연산군도 마지막에는 교동도 한쪽에서 쓸쓸히 죽어갔던 모습을 생각하니 맘이 씁쓰레하다.

2023. 5. 20.

5부

애송시

아침의 단상(斷想)

머언 하늘에서
어스름 달빛 뚜벅뚜벅 내 창가에 내려오면
간밤에 하늘을 보듬고 속살 젖어 반짝이던
실낱같은 아침 달이 저만치 달아난다

되돌릴 수 없는 세월(歲月)인데
멀어져 가버린 발자취들인데

그래도
이 아침에 못내 생각나는 것은

토담 길 따라 듬성듬성 통나무 굴뚝에
모락모락 아침 연기 피어오르던 그 시절

가마솥 꽉 채운 보리쌀 위에
어린아이 손바닥만큼 쌀 한 줌 얹어
고슬고슬 밥을 지으신 울 엄니 모습 너무 그립다

간이역에서

섬진강 어귀에
땅거미가 내려앉아 둥지를 튼다
상·하행으로 길게 늘어진 철 가닥 따라
하얀 가로등은 띄엄띄엄 불을 밝히고
황혼이 짙은 간이역 울타리 너머에선
산이 내려오고 강이 도란거린다

간간이 들려오는 밤 열차 소리에
가로등은 만 가지 추억을 만들어 가고
산마루에서 들려오는 소쩍새 울음소리에
달빛 따라 밤안개 스물 스물 고개를 내민다

가로등

자기 몸을 불사르며
무얼 찾고 있을까?
해가 두려워 온갖 비밀 간직하고선
밤새 울고 선 너를 본다

가을걷이 끝난 한적한 농촌에도
잿빛 무덤 텅 빈 도시의 공간에도
서럽게 타는 가슴 혼자 삭이며
소리 없이 눈물 뿌린 너를 본다

찬 이슬 하늘을 덮는 소리
살며시 내 안에 다가오면
어느새 밤안개 저만치 달아난다

한가하게 졸고 있는 가로등 따라
저 멀리 은하수 내려오는 소리 어렴풋이 들리고
밤새 영근 차디찬 이슬방울이
내 안에 살포시 스며들 적이면

서산에 뉘인 가느다란 조각달 하나
추억의 한 접시 불을 밝힌다

오월이 오면

황톳길 따라 마을 어귀에
하얀 찔레 향기 햇살 가르는 소리 들린다
물 언덕배기 미나리꽝에선
뜸부기 한 마리 향수로 토해내는 소리 너무 그립다

어언 육십 년의 연륜(年輪)이 소리 없이 지났는가?
내 어린 시절 외갓집 가는 길은 너무 선하다

호박돌로 촘촘히 쌓아 만든 천 길 우물가에 가면
이른 새벽녘 아낙네들 물동이에 물 담는 소리 들리고
뒤안 텃밭, 감나무에선 노란 감꽃이 보석처럼 박혔다

실줄에 기다랗게 꿰어 야금야금 먹던 그 모습 생각하면
못내 애달픈 그리움만이 내 안에 스멀거린다

상춘(嘗春)

작년 이맘때

양지쪽 산비탈 그루터기에
여린 고사리 조막손으로 돋고

이끼로 내려앉은 영지버섯
듬성듬성 보이더니만

엊그제 그곳엔

이름 모를 산새 날아와
세월을 쫓아 버린 소리소리

취나물 산도라지
아직은 깊은 겨울잠인데

고리 수 나무 텃밭 뒤안길에선
물오른 다박솔이 기지개를 켠다

수상쩍은 세월인데
뭐가 그리도 바쁜 아지랑이
온종일 날 오라는 손짓이냐

작은 개울물 따라
얼음 한 조각 졸 졸 졸
봄이 오는 소리 더 가까이 들린다

먼동

먼 하늘 녘에서
뚜벅뚜벅
시커먼 산 그림자 창가에 다가오면

푸르스레한 달빛 한 자락
희뿌연 안개 속으로 서서히 불을 밝힌다
아직은 여명(黎明)의 시간에
어디선가 들려오는 산새 우는 소리 정겹다

섬강(蟾江) 따라 황사평(黃砂坪) 들녘에선
고개 숙인 별들이 수옥(水玉)처럼 부서져
희미한 하늘에 은하(銀河)의 물결 넘실거린다

여름내 울 밑에서 꽃피워 치장하던 봉숭아 하나
빛바랜 그루터기에 씨알 한 톨 묻어두면
민들레 홀씨 따라, 오가는 봄 입김에 스멀스멀 돋아나리라

섬진강(蟾津江) 가에서

겨우내
겹겹이 껴입은 옷맵시가
차마 오는 봄을 수줍어하려는가?

봄바람 살랑이는 섬진강 논둑길에선
쑥꾸재미 쑥 향이 물씬 나는데

작년 이맘때
상수리나무 그루터기에 묻어둔 다박솔 한 개
지금쯤 눈엽(嫩葉) 고사리 주먹손 보일락 말락
아장거리고 나오는 모습 보고파진다

솔향에서 한 줄로 뿜어져 나온 가지런한 봄 내음 속에
듬성듬성 홍매화 꽃잎 살포시 사방에 흩날릴 적이면
어디서 다가오는 아지랑이 한 조각 너무 정겹다

살며 생각하며

박윤수 지음

발행처 도서출판 **청어**
발행인 이영철
영업   이동호
홍보   천성래
기획   남기환
편집   방세화
디자인 이수빈 | 김영은
제작이사 공병한
인쇄   두리터

등록   1999년 5월 3일
      (제321-3210000251001999000063호)

1판 1쇄 발행 2023년 9월 10일

주소   서울특별시 서초구 남부순환로 364길 8-15 동일빌딩 2층
대표전화 02-586-0477
팩시밀리 0303-0942-0478
홈페이지 www.chungeobook.com
E-mail ppi20@hanmail.net

ISBN   979-11-6855-177-0 (03810)

이 책은 전남문화관광재단에서 출판비 일부를 지원받아 제작하였습니다.